16	3	2	13
5	10	11	8
9	6	7	12
4	15	14	1

Brunetto Latini

A RETÓRICA

Tradução, apresentação e notas de Emanuel França de Brito

editora 34

EDITORA 34

Editora 34 Ltda.
Rua Hungria, 592 Jardim Europa CEP 01455-000
São Paulo - SP Brasil Tel/Fax (11) 3811-6777 www.editora34.com.br

Imagem da capa:
*Detalhe de iluminura com retratos de Cícero e Brunetto Latini,
códice II.IV.127, c. 1r, Florença, Biblioteca Nazionale Centrale,
sob concessão do Ministério da Cultura da Itália*

Capa, projeto gráfico e editoração eletrônica:
Franciosi & Malta Produção Gráfica

Preparação:
Cide Piquet

Revisão:
Beatriz de Freitas Moreira

1ª Edição - 2023

CIP - Brasil. Catalogação-na-Fonte
(Sindicato Nacional dos Editores de Livros, RJ, Brasil)

Latini, Brunetto, *c.* 1220-1294
L251r   A Retórica / Brunetto Latini;
tradução, apresentação e notas de Emanuel
França de Brito — São Paulo: Editora 34,
2023 (1ª Edição).
208 p.

Tradução de: La Rettorica

ISBN 978-65-5525-120-3

1. Literatura italiana medieval.
2. Marco Túlio Cícero - De inventione.
I. Brito, Emanuel França de. II. Título.

CDD - 850

A RETÓRICA

Apresentação, *Emanuel França de Brito* 7

A RETÓRICA 45

Bibliografia 189
Sobre o autor 203
Sobre o tradutor 205

Apresentação

Emanuel França de Brito

BRUNETTO E SEU TEMPO

Brunetto Latini foi um homem de cultura, um literato, um poeta. Mas foi, acima de tudo, um político de estreita conexão partidária e diretamente envolvido com muitas das principais questões diplomáticas e administrativas de sua cidade natal, Florença, na segunda metade do século XIII. Em sua obra, destacam-se uma elegante epistolografia e significativas traduções de Marco Túlio Cícero (*Retórica* [*De inventione*], *Pro Ligario*, *Pro Marcello* e *Pro rege Deiotaro*) do latim para o seu "italiano" — o idioma vulgar (isto é, vernáculo) florentino — além de alguns poemas e versos de pouca expressão literária (*Tesoretto*, *Favolello*, *S'eo son distretto inamoratamente*). Seu principal livro será o vasto tratado enciclopédico composto em francês (*Tresor*), língua da pátria que o acolheu durante o exílio político. E mesmo que esse último tenha sido escrito num idioma que não o seu de origem, Brunetto Latini ocupa uma posição de destaque nas letras italianas. Ele fora um dos primeiros intelectuais de seu século a se colocar como intermediário de uma elevada cultura literária a um público de não literatos, desconhecedores da língua latina. Suas traduções do latim para o vulgar, dentre as quais a *Retórica* se destaca por qualidade e extensão, fariam dele um dos fundadores da alta prosa italiana por ter elaborado seu novo material linguístico a partir do antigo modelo erudito. Com um objetivo puramente de divulgação, Brunetto o faz tendo em mente a concepção ciceroniana (*De inventione*) de que a arte retórica será o instrumento responsável por manifestar aos homens — com equilíbrio, sensatez e beleza — o conhecimento dos sábios, único poder capaz de organizar e harmonizar as sociedades. Por isso, o ponto de contato entre essas duas frentes de atuação de Brunetto — a política e a literária — é o que nos guia nesta breve apresentação.

Um vivo retrato textual de Brunetto nos foi deixado pelo principal cronista de seu século, Giovanni Villani, que o define como um "iniciador e mestre em instruir os cidadãos de Florença, torná-los desenvoltos no falar bem e em saber guiar e reger nossa república segundo a Política".[1] Contudo, a mais famosa imagem de Brunetto que se afirma através dos séculos é dada pelos versos de seu célebre discípulo Dante Alighieri, que — com uma enorme devoção intelectual e afetiva — lhe atribui o mérito de tê-lo ensinado a reconhecer como o homem transforma sua breve presença neste mundo em uma coisa eterna:

> Ao que eu lhe disse: "Se minha vontade
> fosse feita, o senhor não estaria
> banido assim de toda humanidade;
> pois fixa tenho em mente, e ora angustia,
> a cara e boa imagem tão paterna
> de si quando no mundo dia a dia
> ensinava-me como o ser se eterna".[2]

---

[1] Giovanni Villani, *Nuova cronica* IX 10, Guiseppe Porta (org.), Milão, Ugo Guanda, 2007, vol. II, pp. 27-8.

[2] Dante Alighieri, *Inferno* XV, 79-85 (tradução de Emanuel França de Brito, Maurício Santana Dias e Pedro Falleiros Heise, *Inferno*, São Pau-

Emanuel França de Brito

Essas duas imagens muito nos dizem sobre a participação de Brunetto em sua comunidade. Tendo vivido entre os anos de 1220 e 1294, é no campo da política citadina que ele foi mais atuante. Vindo de uma família com tradição nos estudos jurídicos, Brunetto dedicou grande parte de sua vida ao tabelionato e à magistratura, assim como seu pai Bonaccorso Latini della Lastra. Aquele momento histórico haveria de se revelar como de pleno progresso para os homens das artes liberais, como os Latini, devido principalmente às conquistas que as comunas italianas haviam conseguido junto ao Sacro Império Romano,[3] entre as quais o reconhecimento à instituição comunal como forma de governo autônomo sob três aspectos da administração pública: na justiça, na tributação, e na possibilidade de cunhar sua própria moeda. Tudo isso, tendo as comunas assumido — em contrapartida

lo, Companhia das Letras, 2021, p. 223). Sobre a relação entre Brunetto e Dante, Gianfranco Contini (*Letteratura italiana delle origini*, Milão, RCS Libri, 1996, p. 239) considera que "Brunetto terá sido seu mestre não por uma real atividade didática, mas pelo livre hábito de conversar com as mentes mais promissoras da cidade". Sem que nos aprofundemos na discussão sobre o real motivo para a condenação de Brunetto aos círculos infernais entre os "violentos contra a natureza", refiro apenas a inquietante tese de André Pézard (*Dante sous la pluie de feu (Enfer, chant XV)*, Paris, J. Vrin, 1950), segundo a qual o erro antinatural de Brunetto teria sido o de trair sua língua materna quando compôs o *Tresor* — sua principal obra — em francês; e não o pecado de sodomia (como quer a maior parte da crítica dantesca), já condenado pelo próprio Brunetto em outros momentos de sua obra (cf. Brunetto Latini, *Tresor* II 33, 1; 40, 4 in Pietro G. Beltrami *et al.* (org.), Turim, Einaudi, 2007, pp. 395, 403; e *Il Tesoretto* vv. 2839-52; 2859-64, in Gianfranco Contini, *Poeti del Duecento*, vol. II, Milão/Nápoles, Riccardo Ricciardi Editore, 1960, pp. 273-4). Sobre a fortuna de Brunetto Latini na literatura, cf. Maria Panetta, "Il maestro di Dante", *Studi (e Testi) Italiani*, nº 17, pp. 19-40, 2006.

[3] No acordo conhecido como "Paz de Constança", de 1183, sob o comando do imperador germânico Frederico, o Barba Ruiva.

— um compromisso de fidelidade ao Império, o que jamais se concretizaria inteiramente, pelo menos no que diz respeito à cidade de Brunetto.

Partidário dos guelfos, grupo que desde o século XII defendia a influência papal no governo secular, Brunetto vive as extremas consequências dessa associação: seja com um degredo que o levou à França, seja com posições públicas que lhe conferiram certo protagonismo em oposição aos gibelinos, grupo adversário que atuava em favor da soberania do imperador. Mas Florença — apesar de ser um *libero comune* que, portanto, detinha uma considerável independência política — na prática se via constantemente às voltas com uma disputa entre as maiores potências políticas de então: de um lado o Império sob o comando da dinastia alemã dos Hohenstaufen; de outro, a Igreja de Roma, intermitente aliada do Reino da França. Nenhuma dessas duas partes podia prescindir do apoio, influência e poderio militar das ricas cidades da região da Toscana, entre as quais Florença e suas vizinhas — ora aliadas, ora adversárias entre si — Pisa, Siena e Lucca.

À época de Brunetto, a corte imperial de Frederico II da Suábia estava estabelecida na Sicília. Tratava-se de um ambiente reconhecidamente fértil do ponto de vista intelectual, plurilíngue e favorável ao surgimento daquela que viria a ser conhecida como a primeira escola literária em língua moderna italiana, a siciliana. Um ambiente, no entanto, de acirradas contendas, sendo constante a busca do Império pela afirmação de seu poderio militar em uma parte maior do território italiano para além das terras meridionais. No centro geográfico da península itálica residia a cúria romana, autoridade secular da Igreja que — somada à sua autoridade religiosa — muitas vezes prevalecia sobre as cidades setentrionais. E não foram poucos os embates entre as duas potências: momentos como a excomunhão de Frederico II pelo papa Gregório IX[4] marcaram rupturas simbólicas, assim como as determinantes batalhas de Montaperti (1260), Benevento (1266) e Tagliacozzo (1268) acabaram por deixar profundas marcas na história do território. E se a primeira dessas mencionadas batalhas serviu para reafirmar o poder do Império na região (expulsando Brunetto de Florença, entre muitos outros homens de sua facção), as duas seguintes decretaram um duradouro declínio da presença imperial em toda a Itália, impondo a prevalência do papado e do partido guelfo em Florença a partir de então.

A Europa no século XIII

A constante tentativa por parte do Império de afirmar seu — supostamente legítimo — poder administrativo e militar nas maiores cidades do Centro-Norte italiano acabou por encontrar fortes opositores; não apenas entre o pontífice e seus aliados, mas também na instituição comunal como a de Florença, que vinha se fortalecendo como forma de go-

[4] A primeira condenação viria em 1227, revogada em 1230 e renovada em 1239.

verno autônomo desde as primeiras décadas do século XIII. Ainda antes da morte de Frederico II (1250), o povo florentino já havia se voltado contra a componente imperial representada pelo governo dos gibelinos, tido como opressor por sobrecarregar a população de taxas e impostos. Tal fato levou a cidade a uma nova constituição democrática centrada no "capitão do povo", que junto ao Conselho de doze anciãos compunha o poder civil de forma a representar as forças populares e moderar a figura do *podestà*, o representante da nobreza. Mas apesar do novo regime, a presença popular como parte do poder administrativo continuou bastante limitada. Com o Conselho dos anciãos, formou-se uma espécie de Senado cuja influência estava não apenas sobre questões locais, mas — como em alguns casos — sobre cidades vizinhas nas quais Florença exercia seu domínio. O próprio Brunetto, em um paralelo com o Senado romano, nos dá um exemplo desse poder com um caso jurídico peculiar: "Algumas vezes, o imperador ou o senado podem perdoar crimes graves, assim como podiam os anciãos do povo de Florença que detinham o poder de condenar ou de relevar de acordo com suas opiniões".[5]

Pelo fortalecimento econômico e administrativo de Florença durante esse início do século XIII, muito em parte devido ao aumento de influência das guildas chamadas de "Artes Maiores",[6] vários foram os acordos comerciais entre as

---

[5] Brunetto Latini, *Retórica* 56, 3. Ver, nesta edição, pp. 128-9.

[6] Faziam parte das sete *Arti maggiori* as atividades da grande indústria têxtil da época (*Lana, Seta, Vaiai e Pellicciai*), o comércio de importação e exportação (*Calimala*), as maiores operações bancárias (*Cambio*), além dos literatos (*Medici e Speziali, Giudici e Notai*). Isso dava a essas corporações um caráter prevalentemente capitalista e ajudava a formar o poderoso *popolo grasso*, ricos mercantes que se fortaleceram gradualmente no poderio administrativo e militar. Cf. Guido Pampaloni, "Arti mag-

maiores cidades da Toscana na década entre 1250 e 1260. Tais acordos consideravam, na maioria das vezes, as delicadas relações entre os dois partidos — guelfos e gibelinos — envolvidos na administração pública. Ao fim daquela década, prevaleceu a vantagem dos guelfos em toda a Toscana, o que levou ao estabelecimento da paz com Siena (de maior força gibelina), à submissão imposta à cidade de Pistoia, e à liberação da via fluvial aos florentinos, que se sobrepuseram aos antigos adversários pisanos e passaram a ter uma saída marítima pelo rio Arno, atravessando o território inimigo de Pisa.

Entretanto, no início da década seguinte, em 1260, o cenário próspero para os guelfos de Florença muda novamente com a aliança entre a gibelina cidade de Siena e o rei Manfredi, filho do imperador Frederico II e seguidor da postura anticlerical de seu pai. Como resposta, a Florença guelfa envia uma missão diplomática ao Reino de Castela, junto a Afonso X, "o sábio", numa tentativa de conquistar seu apoio e forças militares na iminente luta contra Manfredi; em troca, os guelfos o apoiariam em sua disputa para ser proclamado imperador.[7] Chefiada por Brunetto Latini, à época no governo da cidade de Montevarchi,[8] na Toscana, a comitiva te-

giori", in *Enciclopedia Dantesca*, Roma, Istituto dell'Enciclopedia Italiana, 1970.

[7] Afonso havia sido coroado Rei dos Romanos em 1º de abril de 1257, mas acabaria por renunciar ao título em 1274, exausto pela disputa ao trono imperial. Devido à discórdia entre os reis eleitores do Império, Afonso X e Ricardo da Cornualha (irmão do rei da Inglaterra) haviam sido eleitos Imperadores; mas, segundo Giovanni Villani (*Nuova Cronica* VII 73, *op. cit.*, vol. I, pp. 367-8), a representatividade de cada um deles se dava de maneira efetiva apenas junto a seus próprios reinos. Nesse sentido, a missão florentina poderia influenciar a Europa Central.

[8] Cf. *Il libro di Montaperti, anno MCCLX*, Cesare Paoli (org.), Florença, G. P. Vieusseux, 1889, pp. 34-5.

ria durado pouquíssimo tempo, sem que maiores detalhes sobre a negociação sejam hoje conhecidos. Pelo relato poético de Brunetto,[9] sabe-se apenas que, no caminho de volta à sua pátria, ele teria encontrado um estudante de Bolonha na planície espanhola de Roncesvales, quem lhe teria fornecido as mais frescas notícias sobre a situação política da Toscana: terminada a batalha de Montaperti com a vitória dos gibelinos, era vez de os guelfos serem banidos de Florença, havendo um aumento do poder de Manfredi na região e uma diminuição da influência temporal do papa. Partindo,[10] então, de Roncesvales, na região de Navarra, o destino do notário é certamente a França, onde ele se estabelece acolhido por um amigo guelfo.[11] Tempos depois, Brunetto haveria de receber uma carta de seu pai que lhe confirmaria a condenação imposta aos guelfos de Florença.[12]

[9] Brunetto Latini, *Il Tesoretto* vv. 113-90, in Gianfranco Contini, *op. cit.*, pp. 179-82.

[10] Giovanni Villani (*Nuova Cronica* VII 74, *op. cit.*, vol. I, p. 381) lista o nome de Brunetto Latini entre os exilados da cidade de Florença em 13 de setembro daquele ano, o que não impede o fato de o notário já estar fora da Toscana antes da referida data, como indica o relato poético do *Tesoretto*.

[11] Apesar de algumas tentativas terem sido feitas, não é possível determinar com segurança a identidade do benfeitor de Brunetto. Sobre os lugares por onde o notário passou, são referidos documentos públicos subscritos por ele nas cidades francesas de Arrás (15 de setembro de 1263), Paris (26 de setembro de 1263) e Bar-sur-Aube (17 de abril de 1264). Cf. Roberta Cella, "Gli atti rogato da Brunetto Latini in Francia (tra politica e mercatura con qualche implicazione letteraria)", *Nuova Rivista di Letteratura Italiana*, vol. 6, pp. 367-408, 2003.

[12] Sobre a autenticidade da carta, Fortunato Donati ("Lettere politiche del secolo XIII...", *Bullettino Senese di Storia Patria*, ano III, p. 222, *apud* Bianca Ceva, *Brunetto Latini: L'uomo e l'opera*, Milão/Nápoles, Riccardo Ricciardi Editore, 1965, pp. 20-1) considera que seu estilo elevado condiz muito mais com o de um notário que eventualmente compilava tex-

Emanuel França de Brito

Após a batalha de Montaperti, inicia-se uma forte influência do papa Clemente IV na Toscana, a fim de que as forças políticas mudem de lado e a Igreja volte a ter poder na região; numerosas foram as cartas do pontífice que procuravam alertar o povo florentino sobre o perigo da política imperial sustentada pelos gibelinos. Isso se dá até 1267, com a chegada na Itália de Carlos I D'Anjou, irmão do rei da França, Luís IX. Com o apoio da Igreja, Carlos havia sido nomeado Rei da Sicília (1263), em detrimento dos suábios, e passa a atuar como vicário papal. No ano anterior, 1266, após reunir um exército financiado pela cúria romana e pelos banqueiros guelfos toscanos, Carlos D'Anjou havia enfrentado as forças imperiais lideradas por Manfredi na batalha de Benevento, tendo-as submetido a uma grave derrota que enfraqueceria por décadas a presença do Sacro Império em terras italianas. Em decorrência disso, em 1267 os ânimos entre as facções guelfas e gibelinas se acalmam em Florença, com acordos de paz selados através de consórcios entre as partes.[13]

Com um ambiente novamente favorável, Brunetto volta a Florença, tornando-se notário oficial do governo de Carlos D'Anjou. Ele iria permanecer nessa função até o fim de sua vida, no centro das decisões municipais: em 1280, repre-

tos do que com o de um pai que comunica notícias desagradáveis ao filho. Essa interpretação, contudo, não elimina o valor histórico da carta.

[13] Entre esses consórcios há um famoso entre o erudito poeta Guido Cavalcanti, filho de um dos mais poderosos guelfos da cidade, e Beatrice degli Uberti, filha do maior líder gibelino e o principal sustentador do poder imperial em Florença. Impossível não referir aqui a célebre comunhão que Dante Alighieri haveria de retratar, anos depois, entre Farinata (pai de Beatrice) e Cavalcante (pai de Guido) em seu *Inferno* (X 22 ss.). Sobre a substancial diferença de postura entre os dois líderes partidários naquele doloroso encontro, cf. o também célebre ensaio de Erich Auerbach ("Farinata e Cavalcante", in *Mimesis: a representação da realidade na literatura ocidental*, tradução de George B. Sperber e equipe da Editora Perspectiva, São Paulo, 2021, pp. 183-213).

senta os guelfos de sua parte da cidade (Porta Duomo) como um dos mantenedores da paz promovida pelo cardeal Latino Malabranca entre os dois partidos; e entre 15 de outubro e 15 de dezembro de 1287 chega à posição de *priore*, dando força a um novo modelo de governo que havia sido estabelecido em 1282 com base no conselho municipal do *priorato*.[14] Esse período é tido como o "mais vigoroso e mais saudável do estado guelfo"[15] e, concordantemente, à "fase mais madura da ação de Brunetto".[16] Como não poderia deixar de ser, é desse período o documento mais relevante da vida jurídica de Brunetto Latini, o ato público conhecido como "Instrumento da Liga guelfa" (1284) que oficializou os pactos políticos e comerciais estabelecidos entre Florença, Lucca e Gênova contra a república marinha de Pisa. Tendo também atuado com posição frequentemente contrária às oligarquias republicanas da cidade de Florença, a presença de Brunetto nas mais altas cortes e conselhos comunais nos últimos anos de sua vida haveria de se destacar, como observa Davis,[17] por uma forte clemência para com os adversários de seu partido e por uma astúcia que se revelaria refinada quando analisados os movimentos políticos entre os quais teve voz.

[14] Governo composto, naquele momento, por sete *priori* ("superiores") que representavam as seis divisões internas da cidade (*sesti*) e um representante das sete "Artes Maiores".

[15] Isidoro Del Lungo, "Alla biografia di Ser Brunetto Latini", in Thor Sundby, *Della vita e delle opere di Brunetto Latini*, Florença, Le Monnier, 1884, p. 211.

[16] Giorgio Inglese, "Latini, Brunetto", *Treccani — Dizionario Biografico degli Italiani*, vol. 64, 2005. Cf. https://www.treccani.it/enciclopedia/brunetto-latini_Dizionario-Biografico.

[17] Charles T. Davis, "Brunetto Latini and Dante", *Studi Medievali*, 3ª série, vol. 8, nº 1, p. 432, 1967.

Emanuel França de Brito

O exílio francês de Brunetto, como dito, deu-se entre os anos de 1260 e 1266. Nesse período se compreende a composição de suas obras de especulação intelectual, em um momento que pouco revela sobre o homem de pensamento prático que se envolveu intensamente com a política cotidiana dos outros períodos florentinos. Primeira cronologicamente entre essas obras, a *Retórica* é composta por uma tradução do latim para a língua vulgar florentina dos dezessete primeiros capítulos do *De inventione*, de Cícero, capítulos fragmentados e sempre seguidos de um comentário do tradutor à luz de outros textos, também latinos, a que faremos menção adiante. O trecho traduzido por Brunetto é o que apresenta uma introdução geral sobre a arte retórica, retoma a divisão aristotélica entre os três gêneros da eloquência — demonstrativo, deliberativo e judiciário — e apresenta uma teoria das causas civis, finalizando por mostrar tipos de posturas que podem ser adotadas no início (exórdio) de um discurso ou de um texto epistolar. Segundo consta, a *Retórica* foi feita para a curiosidade e deleite de seu "porto", o bom amigo que teria acolhido o autor em terras francesas quando do exílio; aquele amigo descrito como "um ótimo orador por natureza" e um grande interessado no aspecto teórico da matéria retórica.[18]

Pela sua atuação profissional como notário, Brunetto havia feito parte de uma categoria de trabalhadores que tiveram, por longa data, a mediação linguística entre as suas principais funções, com frequentes oportunidades de intermediar discussões legais que muitas vezes partiam da forma escrita em latim à forma oral em vulgar.[19] Com a *Retórica*

---

[18] Brunetto Latini, *Retórica* 1, 10. Ver, nesta edição, pp. 50-1.

[19] Isso se dá desde o *Placito capuano*, documento notarial de 960

não foi diferente, e o que resulta é o esforço do tradutor/autor em divulgar as palavras do filósofo romano a um público não literário, em especial a seu benfeitor no exílio. A *Retórica*, portanto, é um dos resultados dessa dedicação ao aspecto teórico da arte retórica em idioma vulgar, com poucos precedentes no ambiente acadêmico do período. Nesse sentido, o texto figura entre as primeiríssimas obras significativas naquele que se caracterizava ainda como um idioma prevalentemente regional, mas que daria as mais sólidas bases culturais para a afirmação da língua que, séculos depois, passará a ser conhecida como italiana. Imagina-se que tenha sido essa a primeira tradução em idioma florentino de uma obra de Cícero, sendo também o primeiro comentário redigido naquela língua a uma obra latina.[20]

O período do exílio francês não deu origem apenas à *Retórica*; da mesma época é aquela tida como a sua principal obra literária, o *Tresor*. Esse "baú de riquezas" se baseia na estrutura de ágil consulta do compêndio contemporâneo *Speculum maius*, do teólogo Vincent de Beauvais. Tal obra costuma ser definida como uma enciclopédia medieval por apresentar uma noção unitária do saber, mas vista sobretudo como um "manual de formação do homem político".[21] Composto em três livros, no primeiro deles o *Tresor* apresen-

d.C. que traz um processo escrito em latim, mas com um testemunho verbal em vulgar, em sua mais antiga atestação. Desse modo, a pena dos tabeliães é uma das grandes responsáveis por essa passagem linguística em registro escrito (cf. Ludovica Maconi, "Notai e lingua", in *Enciclopedia dell'Italiano*, Roma, Istituto dell'Enciclopedia Italiana, 2011).

[20] Cf. Johannes Bartuschat, "*La Rettorica* de Brunetto Latini: rhétorique, éthique et politique à Florence dans la deuxième moitié du XIIIe siècle", *Arzanà — Cahiers de Littérature Médiévale Italienne*, vol. 8, p. 33, 2002.

[21] Gianfranco Contini, *Letteratura italiana delle origini, op. cit.*, p. 240.

Emanuel França de Brito

ta uma compilação sobre a filosofia teórica, compreendendo história universal, medicina, ciências naturais, geografia, agricultura e história natural, com um amplo bestiário.[22] No segundo, encontram-se questões sobre a parte lógica e prática da filosofia, com a inserção da *Ética*, de Aristóteles, traduzida e comentada também no que diz respeito aos vícios e virtudes pela perspectiva de outros autores medievais.[23] No terceiro livro, Brunetto se dedica à filosofia prática: inicialmente à arte retórica, com basicamente o mesmo conteúdo já traduzido e comentado na *Retórica*; depois à política, com conteúdo exposto a partir de uma reapresentação do *Liber de Regimine Civitatum*, atribuído a Giovanni de Viterbo. Pelas relações internas aos textos, não pairam dúvidas de que a *Retórica* (1260-61) foi escrita antes do *Tresor*, tendo sido, muito provavelmente, abandonada para que seu autor se dedicasse a um projeto maior em língua francesa; tanto pelo fato de se encontrar na França, quanto por ser essa língua "mais prazerosa e mais difusa entre as gentes de todas as

[22] Um dos seres fabulosos do bestiário (cf. Brunetto Latini, *Tresor* I 140, *op. cit.*, pp. 246-7) estará presente em *Ulysses*, de James Joyce. No episódio da biblioteca, é possível acompanhar uma acalorada discussão literária sobre a identidade de Hamlet entre Stephen Dedalus e John Eglinton; será o olhar fulminante do intérprete contrariado — olhar capaz de matar o objetor — que trará uma imagem à mente de Stephen: "Um basilisco. *E quando vede l'uomo l'attosca*"; sendo explícita a referência ao *Tresor*: "Messer Brunetto, agradeço-vos pelo termo" (cf. James Joyce, *Ulysses*, tradução de Caetano W. Galindo, São Paulo, Companhia das Letras, 2016, p. 350).

[23] Seria uma *Etique Aristotes*, versão francesa de um compêndio da *Ética* aristotélica conhecido como *Summa Alexandrinorum*. Cf. Elisa Guadagnini, "'Secondo la forma del libro': note sulla tradizione manoscritta della *Rettorica* di Brunetto Latini", in *Il ritorno dei Classici nell'Umanesimo: studi in memoria di Gianvito Resta*, Florença, Società Internazionale per lo Studio del Medioevo Latino/Edizioni del Galluzzo, 2015, p. 361.

línguas".[24] Assim, desde os estudos da primeira edição crítica realizada por Maggini,[25] não há sentido em sustentar que Brunetto tenha começado uma tradução para o vulgar (*Retórica*) da mesma matéria que já poderia ser lida na terceira parte do tratado francês (*Tresor*), indiscutivelmente mais bem-acabado em sua forma final e, esse sim, logo vulgarizado em língua florentina.[26]

Entre os textos de Brunetto há também outras traduções, como as dos três discursos ciceronianos, *Pro Ligario*, *Pro Marcello* e *Pro rege Deiotaro*, que — com uma prosa de alto estilo — se aproximam do resultado linguístico obtido com a *Retórica*. Quanto à produção poética do notário,

[24] Brunetto Latini, *Tresor* I 1, 7, *op. cit.*, pp. 6-7. Carlo Dionisotti (*Geografia e storia della letteratura italiana*, 3ª ed., Turim, Einaudi, 2010, pp. 135-6) nota que, nos termos próprios da história italiana e toscana do Duzentos, a questão das relações linguísticas e literárias com a França "é de primeiro plano e central", pois a França tinha ainda um predomínio absoluto sobre a cultura europeia e estava dedicada politicamente em confirmar essa primazia sobre a Itália e sobre a Igreja. O estudioso (p. 153) entende que a virada chegaria apenas séculos depois, com a substituição do italiano ao francês na Europa. Exemplo disso é a vulgarização de Cristoforo Landino do *Naturalis historia* de Plínio (1476), em que há uma dedicatória (1471) ao rei de Nápoles justificando a obra pelo fato de ser a língua italiana "familiar a toda Itália e a muitas outras nações".

[25] Francesco Maggini, edição crítica de *La Rettorica*, Florença, Galletti e Cocci, 1915.

[26] Por um longo tempo, tal vulgarização foi atribuída ao também florentino e contemporâneo de Brunetto, Bono Giamboni. Autor do *Libro de' Vizi e delle Virtudi*, Giamboni traduziu do latim ao vulgar florentino as *Historiarum adversus paganos*, de Paulo Orósio, e as *Epitome de re militari*, de Vegécio. No entanto, apesar de dois códices do *Tresor* em língua florentina (Londres, British Library, Additional 26105, e Veneza, Biblioteca Nazionale Marciana, It. II.53, ao lado de Marco Giola, *Sul volgarizzamento italiano del 'Tresor' di Brunetto Latini*, 2006, p. 345, annali.unife.it/iuss/article/view/338/291) darem o crédito da tradução a Giamboni, Cesare Segre (*La prosa del Duecento*, Milão/Nápoles, Riccardo Ricciardi Editore, 1959, p. 312) acredita não se tratar ali de seu estilo textual.

Emanuel França de Brito

a principal composição é o *Tesoretto* (1271-72), poema em versos alegórico-didáticos que trazem boa parte da matéria exposta no enciclopédico *Tresor* após a volta do autor às terras italianas. Também são seus o *Favolello*, poema epistolográfico-moral dedicado ao poeta e amigo Rustico di Filippo, e a canção *S'eo son distretto inamoratamente*,[27] sem que se conheçam maiores detalhes sobre os momentos de suas composições.

Quando Brunetto volta do exílio francês para a Toscana e retoma suas atividades profissionais, seu tempo para a especulação intelectual parece ter se esgotado definitivamente. Assim, se os anos da França foram de grande fertilidade literária, o retorno à pátria o devolveu aos escritos de cunho técnico-político e aos registros de atos públicos. Essa constatação poderia resumir um pouco do caráter de Brunetto, que se dedicava fundamentalmente a questões práticas, mas estava atento e disposto a contribuir para a instrução social em momentos de ócio.

Além dos textos mencionados, há indícios de que seja ainda de Brunetto a redação de uma epístola de 1258, composta em elevado estilo de expressão retórica. Trata-se de um documento diplomático enviado como resposta à cidade de Pavia, terra da poderosa família do abade de Vallombrosa, religioso envolvido em um conflito interno à região. Após o assassinato do abade, que havia sido acusado de perfídia pelos guelfos, Pavia envia uma primeira carta a Florença com uma série de ameaças e promessas de represálias pela morte do religioso.[28] Em sua defesa, a comuna de Florença responde com um texto que costuma ser atribuído a Brunetto por

[27] Essa canção está compilada no canônico códice *Vaticano Latino 3793*, que reúne os maiores nomes da primeira expressão poética em língua italiana.

[28] Em seu fundamental estudo, Francesco Maggini (*La "Rettorica"*

se acreditar que, naquele momento da Florença guelfa, apenas nosso notário teria sido capaz de compor uma réplica no mais elegante modelo da *ars dictaminis*.[29] Tal atribuição se apoia de forma coerente nos comentários de Brunetto ao texto de Cícero feitos na *Retórica*, em que são apresentados os primeiros esforços de adaptação dos preceitos da elocução epistolar ao idioma florentino.

A MATÉRIA RETÓRICA

Na *Retórica*, Brunetto opta por traduzir Cícero quando o orador romano dedica sua análise às consequências nocivas que derivam de uma boa eloquência não aliada à sabedoria. E, sobre os perigos da retórica usada para o mal, a discussão é antiga. Vale lembrar que Platão, em diálogos como, principalmente, *Górgias*, *Protágoras* e *Fedro*, havia censurado a tagarelice obstinada da sofística e invocado o conceito de "natural", em oposição aos "artifícios" da técnica,[30] a qual acaba por induzir à falsidade, ao erro e à desconfiança. É possível observar que na visão de Platão[31] a técnica retórica corresponde no "plano da alma" àquilo que no "plano

italiana di Brunetto Latini, Florença, Galletti e Cocci, 1912, pp. 76-80) publica o texto da epístola revisto.

[29] Cf. Robert Davidsohn, *Forschungen zur älteren Geschichte von Florenz*, Berlim, 1908, vol. IV, pp. 134-8, *apud* Bianca Ceva, *Brunetto Latini: L'uomo e l'opera*, *op. cit.*, p. 17.

[30] Sobre a ideia de Platão ter cunhado o termo "retórica", presente pela primeira vez em seus diálogos e formado pelo sufixo -ική ("técnica"), cf. Edward Schiappa, "Did Plato coin rhetorike?", *The American Journal of Philology*, vol. 111, nº 4, pp. 457-70, 1990.

[31] Platão, *Górgias* 465d-e, in *Opere complete*, vol. V, Bari, Laterza, 1993.

Emanuel França de Brito

do corpo" corresponderia, por exemplo, à culinária, cuja importância é completamente questionada pelo fato de que o alimento "natural" tem muito mais a oferecer do que aquele em que foram utilizados artifícios. Portanto, a retórica é "feia, como tudo aquilo que é ruim".[32] Sendo uma técnica do falso, a principal acusação de Platão para desqualificá-la é mostrar sua falta de conexão com qualquer outra especialidade, ao mesmo tempo que seus defensores a apresentavam como capazes de discorrer sobre qualquer assunto. E se houvesse uma arte legítima do discurso, que lida com o duvidoso, essa não seria a retórica, mas a dialética, pela sua capacidade de "abarcar a unidade que naturalmente está no múltiplo" e desenvolvê-la com divisões, subdivisões e reunificações que a reconduziriam a uma forma única.[33] Esse pensamento contém o mesmo raciocínio do filósofo que, ao conceber na *República* a ideia de uma cidade justa, considera necessário que as artes miméticas sejam excluídas daquele lugar: como a dos poetas, que sabem imitar a verdade e as virtudes mesmo sem conhecê-las; e como a dos pintores, que reproduzem a imagem de utensílios sem saber como fabricá-los ou como usá-los.[34] Nesse sentido, alguns séculos mais tarde, Quintiliano iria observar que "os especialistas nessa arte pareciam pouco idôneos a Platão por separarem a retórica do conhecimento do justo e preferirem o verossímil ao verdadeiro".[35]

Já Aristóteles, separando o joio do trigo, viria a colocar a questão de outra forma. Para ele, nos três livros que com-

[32] *Idem, ibidem*, 463d.

[33] *Idem, Fedro* 265d-266b, in *Opere complete*, vol. III, Bari, Laterza, 1993.

[34] *Idem, República* 607b, in *Opere complete*, vol. VI, Bari, Laterza, 1993.

[35] Marco Fabio Quintiliano, *Institutio oratoria* II 15 31, Adriano Pennacini (org.), Turim, Einaudi, 2001.

põem a sua *Retórica*, não está em discussão a essência do objeto, mas uma comunicação eficaz, uma faculdade de falar persuadindo um auditório de que certa opinião é preferível a outra: "a retórica é útil porque a verdade e a justiça são, por natureza, superiores aos seus contrários", ele dirá.[36] Aristóteles atribui um método à retórica ao entender que há um "campo do saber" e um "campo da expressão", sem que um possa prescindir do outro. E ainda que os sofistas Górgias e Protágoras pudessem ter feito mal uso dos mesmos recursos utilizados pela poética e pela retórica, o tratado aristotélico busca uma sistematização da técnica, salvando o que há de legítimo naquilo que Platão havia descartado e misturado à sofística. Aristóteles, assim, distingue três tipos de persuasão que passam ao discurso, de forma que o sucesso deste dependerá da ênfase a esses aspectos: o *éthos*, a credibilidade que o orador deve transmitir à audiência por meio de seus hábitos e costumes; o *páthos*, o conteúdo emocional do texto, aquilo que é capaz de evocar sentimentos no ouvinte segundo o objetivo do orador; e o *lógos*, a racionalidade do discurso ligada aos argumentos e à expressão que o orador deve escolher e encadear para que haja sentido no que está sendo exposto.[37] Assim, a retórica seria a contraparte, o complemento, "a antístrofe da dialética",[38] disciplina discursiva suprema para Platão.

Aristóteles organiza, portanto, a elocução em três gêneros: o deliberativo, que se preocupa com o futuro, pois aconselha sobre o que deve ou não deve ser feito; o judiciário, que se preocupa com o passado por abordar o que é justo ou in-

---

[36] Aristóteles, *Retórica* 1355a 22, Fabio Cannavò (org.), Milão, Bompiani, 2014.

[37] *Idem, ibidem*, 1356a 1 ss.

[38] *Idem, ibidem*, 1354a 1.

Emanuel França de Brito

justo para uma peça de acusação ou de defesa; e o epidítico, que se preocupa com o presente, como um elogio ou uma censura.[39] Nessa visão, a retórica irá se estabelecer no campo da política — intimamente conectada à dialética e à ética —, para a qual existem modelos éticos a serem seguidos e comumente compartilhadas pela maioria, expressos por meio das premissas endoxais; diferentemente da poética, em que não existe um registro comum a que se reportar, sendo a verossimilhança a única baliza, mesmo que paradoxal. Estando, dessa maneira, a política e a mimese consideradas em territórios paralelos, o pensamento aristotélico haveria de se configurar como hegemônico ao longo dos séculos seguintes, e a retórica haveria de se afirmar como uma disciplina autônoma, assim como a dialética.[40]

Nos anos de maior atividade intelectual de Brunetto Latini, a *Retórica* de Aristóteles estava entre os principais textos que circulavam sobre a arte retórica, tendo-se o registro de 98 códices manuscritos daquele período em tradução latina de William de Moerbeke (publicada por volta do ano de 1260). Mas se considerada a lentidão com que os escritos circulavam naquele momento e nenhuma menção ao fato de Brunetto conhecer a língua grega, é possível que nosso notário não tenha tido conhecimento daquela obra de maneira direta. Bem diferente é a situação quando se trata do *De in-*

[39] *Idem, ibidem*, 1358b 1 ss.

[40] É já no mundo cristão, a partir de Santo Agostinho no *Disciplinarum libri*, que se estabelece a cada uma das artes liberais do *trivium* (gramática, dialética e retórica) e do *quadrivium* (aritmética, música, geometria e astrologia) uma função específica na formação do caráter do homem livre. Isidoro de Sevilha (*Etimologie o origini* I i, II i, Angelo V. Canale (org.), Turim, Utet, 2014, pp. 62-3, 184-5) é quem a define depois como uma *scientia* (enquanto sinônimo de "disciplina"), isto é, como uma coisa a ser aprendida.

ventione de Cícero, a "velha retórica" (*rhetorica vetus*), título obrigatório nas bibliotecas e incomparavelmente o mais popular tratado clássico sobre o tema. Muitas vezes seguido no mesmo códice da pseudociceroniana *Retórica a Herênio* (a "nova retórica", *rhetorica nova*), é atestada a existência de mais de mil cópias do *De inventione* em circulação na Europa naquele período.[41] Por outro lado, outros importantes tratados de Cícero e de Quintiliano sobre a matéria circulavam incompletos, e o texto integral da *Institutio oratoria*, por exemplo, reaparece apenas em 1416.[42]

Maior referência de eloquência no mundo clássico latino, Cícero difunde muito do que a cultura grega havia legado de conhecimento filosófico, e não poderia ser diferente no que diz respeito à oratória. Em seus principais escritos sobre o tema, a figura do orador é enaltecida e colocada como a autêntica guia de toda a sociedade racional. Dessa maneira, seria pela boa eloquência que o homem se eleva sobre outros justamente naquela mesma operação que o distingue dos animais.[43] Ao recuperar em parte a ideia platônica de que o natural precede o artifício, Cícero concilia esse provável antagonismo observando que "a percepção do natural produz a

[41] Cf. Michel D. Reeve, "The circulation of classical works on rhetoric", in *Retorica e poetica tra i secoli XII e XIV*, Spoleto, Centro Italiano di Studi sull'Alto Medioevo, 1991, p. 113. Segundo Birger Munk Olsen (*L'Étude des auters classiques latins au XI et XII siècles*, Paris, 1982, *apud De inventione*, tradução de Maria Greco, Galatina, Mario Congedo Editore, 1998, p. 55), esse número já era superior a duzentos códices entre os séculos XI e XII.

[42] O texto integral do tratado de Quintiliano foi descoberto pelo humanista e então secretário pontifício Poggio Bracciolini no mosteiro e atual abadia de São Galo (Fürstabtei St. Gallen) na Suíça (cf. Emilio Bigi, "Bracciolini, Poggio", in *Dizionario Biografico degli Italiani*, vol. 13, Roma, Istituto dell'Enciclopedia Italiana, 1971).

[43] Cícero, *De oratore* 34; *De inventione* I iv [5].

Emanuel França de Brito

arte correspondente";[44] e, afirmando a primazia de uma eloquência natural sobre a técnica retórica, Cícero mostra que toda arte não é senão um tipo de imitação que se refina a partir dos processos naturais. Nesse sentido, o filósofo orador observa que "a eloquência não nasceu da técnica retórica, mas a retórica é que nasceu da eloquência".[45] Isso também se dá no *De inventione*, em que a visão de Aristóteles é seguida de perto quando a retórica é proposta como uma arte para a preparação de um discurso que convence e persuade ao bem, isto é, como uma técnica de elocução e estilo que deve ser empregada para o justo.

É pela imagem de um homem primitivo — mas sábio e eloquente — que Cícero apresenta a boa capacidade elocutória como civilizadora; no entanto, o destaque não é só para a aptidão da fala, mas também para a sabedoria. Apenas com a união dessas duas qualidades é que um hipotético virtuoso teria sido capaz de pacificar uma comunidade de homens selvagens, conduzindo-os a comportamentos dignos de uma vida regida pela razão e pela moral.[46] E ainda que a virtude e a sabedoria possam pertencer a campos distintos do caráter humano, tais qualidades se completam para exprimir a plena capacidade de um líder, que deverá não apenas tomar decisões, mas pô-las em ato dentro de sua comunidade.[47] Nesse mesmo sentido, a outra grande autoridade para os estudos da retórica clássica, Quintiliano — em comentário ao passo do *De inventione* que classifica a arte da retórica como inserida naquele gênero definido como parte do conhecimento citadino — ressalta que dizer "ciência civil" é o mes-

---

[44] *Idem, Orator* 183.

[45] *Idem, De oratore* 146-59.

[46] *Idem, De inventione* I ii [2].

[47] Cf. tradução de Maria Greco, *De inventione, op. cit.*, p. 179.

mo que dizer "sabedoria", aludindo a uma ideia ciceroniana de que a retórica, enquanto meio pelo qual se transmite o mútuo respeito e consideração às regras sociais, seria a própria civilidade.[48]

A ROMA EM QUE BRUNETTO É ROMANO

No campo cultural do século XIII, a Itália estava dividida em alguns centros regionais que produziam obras em língua itálica nas suas mais ricas variantes. Simplificando grossamente a questão, é possível destacar ao menos três grandes áreas. Ao Sul, a corte siciliana de Frederico II que, com um vasto programa político, promove a confluência de várias correntes culturais reunidas em seu território, dando origem à poética que iria influenciar a lírica de todos os outros territórios, em especial e diretamente a da Toscana. Ao Norte, destaque para a área lombarda e vêneta (mas que podia se estender até o outro extremo ocidental ao norte da península, como as regiões do Piemonte e da Ligúria); nessa área, a principal ocorrência é de obras de caráter didático-religioso e épicas trazidas da França, com forte contaminação das línguas locais nas versões redigidas naquele território, criando uma literatura de expressão franco-vêneta. E, no Centro-Norte da península, o destaque é para Bolonha, cidade-sede da mais prestigiosa Universidade e berço de autores que se caracterizavam pela aspiração a uma maior dignidade de estilo ao vulgar, como o gramático Guido Faba. Pelo fato de muitos florentinos estudarem e ensinarem naquela cidade, não foi pequeno o intercâmbio intelectual com a região de Brunetto. Nesse sentido, é possível identificar no eixo Bolo-

---

[48] Cícero, *De inventione* I v [6-7]; Quintiliano, *Institutio oratoria* II 15 33; Latini, *Retórica* 17 ss.

Emanuel França de Brito

nha-Florença as origens da arte retórica em língua florentina, estando a atenção do principal centro de estudos da Itália, naquele momento, voltada à elocução dos profissionais do direito. Enquanto isso, em Florença, a experiência política e o novo tipo de prática governativa feita por um profissional especializado foram os principais fenômenos a valorizar os modelos teóricos ciceronianos para o uso discursivo e da escrita epistolar.[49]

Os tratados retóricos à época de Brunetto ressaltavam, em sua maioria, aspectos técnicos do *De inventione* e da *Retórica a Herênio*, como as artes *dictandi* (do ditado e da escrita de cartas), *praedicandi* (do sermão religioso), *arengandi* (do discurso forense) e *poeticae* (da expressão poética). Outros tratados contemporâneos à *Retórica*, como o *Fiore di rettorica*, que chegou aos nossos dias em redações atribuídas a Bono Giamboni e ao frade Guidotto de Bolonha, até refletiam uma preocupação inicial com a retórica política, mas sem que houvesse destaque a ela. É de Brunetto o esforço em assimilar o estilo e o espírito da retórica ciceroniana, valorizando a função deliberativa da oratória em estreita conexão com o mundo governativo em que se afirmava a figura do político profissional.[50] Em conexão com uma tendência de toda a Europa Ocidental, a função do *podestà* como centralizador do poder citadino introduziu na Itália medieval o tema do profissionalismo político, sendo fundamental o fato de que o comando provinha mais do cargo ocupado do que de uma autoridade ligada a origens familiares. Nesse sentido, a competência do governo era muitas vezes orientada por um bom número de textos que abordavam a ética re-

[49] Cf. Cesare Segre, *Lingua, stile e società: studi sulla storia della prosa italiana*, 2ª ed., Milão, Feltrinelli, 1976, pp. 14-7.

[50] Cf. Charles T. Davis, "Brunetto Latini and Dante", *op. cit.*, pp. 424-5.

lacionada à profissão, sem deixar de lado a componente retórica pelo fato de o *podestà* e seus colaboradores serem os protagonistas da comunicação pública.[51]

Nesse ambiente de saber letrado, tem papel importante a classe erudita proveniente das categorias de juristas, tabeliães e literatos, pertencentes menos à aristocracia e mais a linhagens burguesas de certa expressão econômica e administrativa; pertencentes, sobretudo, a uma cultura laica já muito atenta à abertura do conhecimento formal para além dos centros religiosos.[52] E visando também à promoção do conhecimento havia magistrados e embaixadores com uma nova — mas bastante difundida — prática de se dirigir às assembleias comunais na mais acessível forma do idioma local.[53] Homens de letras, portanto, que mantinham grande contato com o latim em suas atividades profissionais, mas que se mostram, cada um a seu modo, engajados na causa cívica de se pronunciar na língua comum. Alguns, como Brunetto e sua *Retórica*, chegaram ao extremo de divulgar na língua florentina textos da cultura clássica, tendo em vista tanto as pessoas alfabetizadas do mundo mercantil quanto os funcionários da administração pública. Nesse sentido, o público-alvo não é o das universidades, já acostumados a tais

[51] Cf. Enrico Artifoni, "Tra etica e professionalità politica", in *Vie active et vie contemplative au Moyen Âge et au seuil de la Renaissance*, Roma, École Française de Rome, 2009, pp. 405-6.

[52] Dois são os dados de fato: para a política, os "Ordenamentos de justiça" promulgados por Giano della Bella, em 1293, que regulavam o acesso dos nobres ao governo democrático da Comuna e o abria às classes comerciais; e, para a cultura letrada, a autonomia das Universidades, que desde o início daquele século se distanciavam do ensino no campo estritamente religioso, como os centros jurídico de Bolonha e médico de Salerno. Cf. Carla Casagrande e Gianfranco Fioravanti, *La filosofia in Italia al tempo di Dante*, Bolonha, Il Mulino, 2016.

[53] Bianca Ceva, *Brunetto Latini: L'uomo e l'opera, op. cit.*, p. 178.

Emanuel França de Brito

discussões, mas um leitor mais profissional e menos acadêmico, a quem era possível oferecer Cícero como pensador da civilidade humana:

> Brunetto não é um homem que ama a meditação enquanto voltada apenas a si mesma; no escritor latino, ele vê também o cidadão que muito partido tomou na vida da última república e, junto a esse, o intérprete de mais autoridade e de mais fertilidade do pensamento filosófico e retórico da antiguidade.[54]

Nesse cenário, o desenvolvimento da civilização comunal abarcou um projeto educacional de uma população que, no caso de Florença, possuía destacado índice de alfabetização, principalmente devido às grande atividades comerciais.[55] O cenário se intensificava com a circulação de obras de literatura didática, com traduções (vulgarizações) de textos sobretudo latinos e enciclopédias, dando corpo a "um plano de formação do cidadão funcional [...], que tinha na participação ativa uma de suas características principais"; especialmente entre os anos 30 e 80 do século XIII, décadas em que a atividade de Brunetto era plena. Essa pedagogia social fun-

[54] *Idem, ibidem*, p. 74.

[55] Segundo Giovanni Villani, esse número poderia chegar a 10 mil jovens (quase 10% da população) de uma burguesia letrada que, por exigência do contexto mercantil, além de saber bem calcular com o ábaco, precisava dominar a leitura e a escrita. Havia ainda os quase 600 inscritos em estudos mais altos, como aqueles de "gramática" e "lógica", em pelo menos quatro grandes escolas da cidade (cf. *Nuova Cronica* XII 94, *op. cit.*, vol. III, p. 198). Charles T. Davis ("Brunetto Latini and Dante", *op. cit.*, p. 421), no entanto, acredita numa supervalorização de tal cifra, pelo fato de não ser facilmente atribuível ao período anterior ao que se refere (1339), pois Florença teve uma educação laica tardia em relação a outras cidades italianas.

cionava como uma espécie de agente de cultura, que tinha como objetivo "aliar o envolvimento na dimensão pública, com um controle sobre os comportamentos dos indivíduos e dos grupos, ao objetivo de mantê-los dentro dos limites compatíveis com o *bunus status* da comunidade".[56]

Em Brunetto, isso pode ser visto em sua classificação da filosofia enquanto conhecimento humano, na qual uma hierarquia toda especial é estabelecida dentro dos parâmetros da tratadística medieval (*divisio scientiae*) para (re)organizar os saberes. Como parte da política feita "com palavras" — que por sua vez pertence à filosofia "prática" — a retórica será descrita e parafraseada a partir das palavras de Cícero, mas objetivamente ressaltada em sua primordial função de harmonizadora social:

> Embora viver racionalmente e sob regras pudesse parecer difícil àqueles que viviam como selvagens, pois eram naturalmente livres e não queriam se sujeitar a um domínio, aos poucos, ouvindo a refinada fala do sábio e considerando racionalmente que a extensa e livre permissão às más ações lhes devolvia grandes destruições e colocava em perigo a humanidade, ouviram-no e se preocuparam em compreendê-lo.[57]

Ainda que nem todas as suas fontes estejam explicitamente citadas, Brunetto se vale tanto de escritos do próprio Cícero como de muitas outras obras de erudição que circulavam na época para apoiar o comentário à sua tradução. As principais referências na composição de seu comentário seriam Victorino, Boécio, Ovídio, Salústio, Lucano (esses dois

[56] Enrico Artifoni, "Tra etica e professionalità politica", *op. cit.*, pp. 405-6.

[57] Brunetto Latini, *Retórica 5*, 1-4. Ver, nesta edição, pp. 63-4.

Emanuel França de Brito

últimos, em leitura direta ou através dos *Faits des Romains* e dos *Moralium dogma philosophorum*), além dos gramáticos Guido Faba e Bene Fiorentino, sem contar trechos não traduzidos do próprio *De inventione* ciceroniano.[58] Em tempos mais recentes, foi evidenciada também a proximidade da glosa de Brunetto ao texto de uma *ars rethorice* anônima de baixíssima circulação, além dos comentários de Grillio e Teodorico de Chartres em trechos nos quais esses comentadores teriam servido como intermediários à obra de Victorino.[59] E ainda que muitos desses autores não tenham sido diretamente associados por Brunetto à sua glosa, a *Retórica* com seu perfil tratadístico iria seguir numa direção paralela e complementar à de outros escritos teóricos de valor exemplar como, principalmente, os de Guido Faba (*Gemma purpurea, Parlamenti ed epistole*), Bene da Firenze (*Candelabrum*) e Buoncompagno da Signa (*Rhetorica novissima, Breviloquium, Mirra*). Escritos esses compostos ainda prevalentemente em língua latina, mas que haviam se colocado, antes de Brunetto, como o ponto de início de uma nova tradição e valorização da arte retórica, em uma saudável polêmica: de um lado as retóricas *vetus* (*De inventione*) e *nova* (*a Herênio*); de outro, a *Rhetorica novissima*, de Buoncompagno.[60]

---

[58] Cf. Francesco Maggini, *La "Rettorica" italiana di Brunetto Latini, op. cit.*, pp. 25-52, 56-9.

[59] Cf. Gian Carlo Alessio, "Brunetto Latini e Cicerone (e i dettatori)", *Italia Medioevale e Umanistica*, vol. 22, pp. 123-69, 1979; Guido Baldassari, "Prologo e Accessus ad autores nella *Rettorica* di Brunetto Latini", in *Studi e Problemi di Critica Testuale*, vol. 12, Pisa/Roma, Fabrizio Serra Editore, 1976, pp. 102-11; *Idem*, "Ancora sulle 'fonti' della Rettorica: Brunetto Latini e Teodorico di Chartres", in *Studi e Problemi di Critica Testuale*, vol. 19, Pisa/Roma, Fabrizio Serra Editore, 1979, pp. 41-69.

[60] Cf. Enrico Artifoni, "Retorica e organizzazione del linguaggio politico nel Duecento", in *Le forme della propaganda politica nel Due e Tre-*

O período dos grandes mestres de retórica dos séculos XII e XIII que formaram o ambiente no qual Brunetto se insere havia assistido a um renascimento do direito romano em conexão como o desenvolvimento do comércio e da vida citadina.[61] E Brunetto, mais alinhado a uma interpretação social de Cícero do que seus antecessores, observa a função do orador em estreita conexão com a do condutor de uma comunidade, reconhecendo a importância das autoridades literárias na formação de um homem urbano. Ao assumir sua realidade como herdeira da tradição romana, Brunetto não se abstém de domesticar termos — como a latina *res publica* ("a coisa pública", "república") vertida para o vulgar *comune* ("comuna"), e o latino *senatus* ("senado") para o vulgar *consiglio* ("conselho") — fazendo-os equivaler a ideias que se referem especificamente às formas da sua época, e não às da época de Cícero. Isso é visto também quando Brunetto manipula a origem da palavra *rettorica*,[62] numa mudança mínima, mas estratégica: substituindo duas vezes *rhetor* (do grego ῥήτωρ: retórico, especialista na retórica formal) por *rector* (do latim *regere*: quem conduz, rege, controla), Brunetto acaba por sugerir que, naquele momento, quem rege é capaz de fazê-lo de modo civilizado unicamente por intermédio da eloquência.[63] Essa estreita associação de ideias seria um dos motivos pelos quais a disciplina mais útil ao governo citadi-

cento, a cura di P. Cammarosano, Roma, École Française de Rome, 1994, p. 168.

[61] Cf. *Breviloquium, Mirra*, L. Core e E. Bonomo (org.), Pádua, Il Poligrafo, 2013, p. 97.

[62] Cf. Enrico Artifoni, "I podestà professionali e la fondazione retorica della politica comunale", *Quaderni Storici*, vol. 2, n° 63, p. 702, 1986.

[63] Brunetto Latini, *Retórica* 1, 5. Ver, nesta edição, pp. 48-9. Daí provêm o título de "reitor", que atualmente se conserva prevalentemente: no âmbito acadêmico, com os diretores de universidades; e no âmbito eclesiástico, com os regentes superiores de ordens religiosas.

Emanuel França de Brito

no fosse lembrada na língua florentina do século XIII como *rettorica* (com a dupla consoante "t" derivada do encontro "ct"), e não como *rhetorica* ou, simplesmente, *retorica*.

Apesar de todos aqueles comentadores que teriam servido a Brunetto na composição de sua glosa, o notário parece ter herdado essa concepção independentemente dos intermediários, elegendo a arte retórica como a mais importante das ciências do homem pela sua capacidade de produzir ambientes harmônicos em que prevalece a razão. Nesse sentido, Brunetto enxergou Cícero não somente como era habitual da Idade Média, isto é, como uma autoridade filosófica, mas como um herói civil, como um sábio condutor que precisou defender com palavras sua cidade de seus inimigos.[64]

A glosa e a língua de Brunetto

Para além de uma tradução — que por si só já seria de grande importância no processo de transmissão cultural — a *Retórica* de Brunetto Latini se caracteriza como um tratado à parte. Imediatamente após verter o texto latino, o autor florentino comenta cada um dos parágrafos; seja por entender que a compreensão das coisas discutidas por Cícero não estaria facilmente ao alcance de seus leitores (mesmo o problema da língua estando hipoteticamente resolvido com a vulgarização), seja por se preocupar em transmitir sua interpretação do orador romano.

Diferentemente dos profissionais da arte retórica, que tinham acesso ao latim de Cícero e compunham obras também naquela língua dentro de um ambiente prevalentemente universitário, o público de Brunetto, como dito, tendia a se am-

[64] Cf. Charles T. Davis, "Brunetto Latini and Dante", *op. cit.*, pp. 423-4.

pliar para muito além daqueles círculos. O notário, nesse sentido, se dedica a verter uma obra clássica a um idioma que ainda dispunha de uma sintaxe e de um léxico bastante limitados no campo da prosa erudita, devendo forjá-los constantemente em busca de um refinamento para seus fins tradutórios. Por outro lado, nos comentários que se seguem ao texto, era necessário aprimorar a expressão linguística ao nível de seu leitor ideal não erudito, o "porto" a quem o texto é dedicado. E mesmo que muitas vezes essa glosa não vá além de uma simples paráfrase repetitiva, o resultado acaba por se caracterizar como um exercício didático em que Brunetto se equipara a outros mestres da retórica, que lhe forneceram o modelo tratadístico que ele deveria seguir e o modelo de língua (latina) que ele não deveria adotar.

A *Retórica* se apresenta então não apenas como uma vulgarização, mas uma obra que, além de apresentar Cícero a um público não acostumado à dinâmica típica de textos eruditos, propõe uma atualização do escopo do comentário, que será equiparado à autoridade do texto comentado. Nesse mesmo sentido, a tradução da *Retórica* que trazemos aqui não pode ser vista como uma "tradução de tradução", pois a prosa de Brunetto, além de ser muito mais extensa do que o texto de Cícero que ele vulgariza, se coloca como uma obra nova, complementar à do orador romano.

Assim como o *Convívio*, de Dante Alighieri, para o qual a obra de Brunetto pode ter sido um dos modelos fundamentais, a glosa da *Retórica* se coloca como um elemento textual de primeira importância, estabelecendo uma relação complexa e elegante entre o texto principal e o secundário.[65] Dessa forma, Brunetto se apresenta como um segundo autor, sem

[65] Cf. Marco Carmello, "Primo saggio di analisi testuale della *Rettorica* di Brunetto Latini", *Romanica Cracoviensia*, vol. 12, p. 21, 2012.

Emanuel França de Brito

demonstrar o mínimo constrangimento em se equiparar ao "mais sábio dos romanos":

> Os autores deste livro são dois: Marco Túlio Cícero, o mais sábio dos romanos, que tratou da retórica a partir das palavras dos filósofos que viveram antes dele e a partir da viva fonte de seu engenho; o segundo é Brunetto Latino, cidadão de Florença, que aplicou todo seu empenho e seu entendimento para expor e esclarecer aquilo que Túlio havia dito.[66]

Concluindo que a hierarquia discursiva em afirmação no século XIII haveria de privilegiar a mensagem epistolar em detrimento da oral, Brunetto parece ter sentido falta dessa abordagem na obra de seu mestre latino.[67] Assim, o florentino se coloca como um autor genuíno, pois irá "completar" aquilo que Cícero havia omitido acerca da arte de ditar cartas, ao mesmo tempo que se vale da autoridade do orador romano para legitimar sua aproximação com a *ars dictaminis*. No comentário, Brunetto conduz o leitor a observar a arte retórica a partir de sua dupla função: presente nos discursos orais e na composição de cartas; a segunda teria sido negligenciada por Cícero, mas merecia a atenção desse novo autor e desse novo público. Brunetto, então, dando um olhar particular a seu trabalho de "expositor", imprime à obra sua personalidade, sem que seu nome apareça apenas no título, mas também — e de forma consciente — na argumentação sobre a forma do livro.

Na tradução, é possível observar que o estilo do vulgar de Brunetto se eleva para se equiparar ao latim de Cícero, co-

[66] Brunetto Latini, *Retórica* 1, 7. Ver, nesta edição, pp. 49-50.

[67] Cf. Paola Sgrilli, "Tensioni anticlassiche nella *Rettorica* di Brunetto Latini", *Medioevo Romanzo*, vol. 3, p. 384, 1976.

mo numa homenagem emuladora que procura conservar os ensinamentos do mestre até mesmo no alto registro de linguagem. Isso não é exatamente o que acontece com a expressão linguística muito mais modesta e "municipal"[68] do comentário que segue a tradução.[69] Nesse sentido, a conexão entre os estilos de Brunetto e Cícero parece estar dentro do que pode ser definido como tradução "vertical", ou vulgarização, na qual a língua de partida (o latim) possui um valor superior em relação à língua de chegada (o vulgar); sobretudo se considerado o fato de essas duas línguas serem simultâneas naquele ambiente fundamentalmente bilíngue, cujos traços diafásicos se apresentam na expressão escrita em latim (registro alto) e na expressão oral em vulgar (registro baixo). Esse é o principal motivo pelo qual esta tradução da *Retórica* procura respeitar as limitações da prosa de Brunetto, sem esgarçá-la num português que hoje se fundamenta numa tradição vernácula muito mais ampla do que a língua em que ele se expressou. No mesmo sentido, o Cícero aqui traduzido a partir da *Retórica* não é exatamente o grande filósofo e orador do *De inventione*, mas sim um Cícero mais próximo daquele que Brunetto foi capaz de verter num exercício de elevação linguística de seu idioma materno.

Seja a partir da *scriptura sacra* ou de *auctores*, a língua latina funciona como um modelo perfeito, ou mesmo "um molde no qual se derrama o material de fusão para que esse

---

[68] Esse é o adjetivo que Dante Alighieri irá usar para definir a língua de alguns de seus antecessores, entre os quais a do mestre Brunetto. Cf. Dante Alighieri, *De vulgari eloquentia*, I xiii 1, tradução de Francisco Calvo del Olmo, São Paulo, Parábola, 2021, p. 105.

[69] Francesco Maggini (*La "Rettorica" italiana di Brunetto Latini, op. cit.*, p. 24) chega a se questionar se essa elevação de registro durante a tradução seria deliberada ou acidental, uma vez que o vulgar de todos os dias não estaria apto a sustentar o majestoso período gramatical de Cícero.

Emanuel França de Brito

material receba forma".[70] Assim, a abordagem de Brunetto ao texto de Cícero é de completa adesão à forma e ao conteúdo, sendo prevalentemente fiel ao sentido literal e ao estilo solene da obra de partida. Isso fica ainda mais evidente se a postura for comparada ao *Fiore di rettorica*, obra na qual a pseudociceroniana *Retórica a Herênio* é longamente parafraseada em vulgar florentino e dedicada ao rei Manfredi em um de seus mais antigos códices (1255-1266), o que a coloca na contramão de Brunetto não apenas na orientação ideológico-partidária como também na postura perante o texto.[71]

Pelo que se pode observar, no caso de Brunetto, a tradução acaba por originar uma língua híbrida, um protoitaliano já distante dos círculos populares e comerciais, e que procura se embasar tanto na língua falada dos ambientes intelectuais e administrativos da cidade quanto na transposição de termos da língua latina. Assim como acontece na *Retórica*, é típico das vulgarizações do latim essa inclinação a reproduzir lexicalmente a forma do texto, o que mantém uma dialética entre reproduzir passivamente a língua de partida

[70] Gianfranco Folena, *Volgarizzare e tradurre*, 2ª ed., Turim, Giulio Einaudi Editore, 1994, p. 13.

[71] Mesmo com posições tão antagônicas, chama a atenção o fato de que entre os apenas oito códices remanescentes da tradição manuscrita da *Retórica*, quatro (M^1, m^2, L e R; cf. Bibliografia) trazem também, entre outros textos, o *Fiore di rettorica*. Essa combinação parece repetir a mesma metodologia dos códices latinos que traziam a *rhetorica vetus* junto à *nova*, ainda que tal sequência seja presente apenas em M^1. Sobre a estrutura do *Fiore di rettorica* e sua elaborada e variada forma compilatória, cf. Bono Giamboni, *Fiore di rettorica*, Giambattista Speroni (org.), Pavia, Dipartimento di scienza della letteratura e dell'arte medievale e moderna, Università di Pavia, 1994, pp. XV-XXX; sobre as variadas versões de redação nos códices em que consta a *Retórica*, cf. Elisa Guadagnini, "'Secondo la forma del libro': note sulla tradizione manoscritta della *Rettorica* di Brunetto Latini", *op. cit.*, pp. 357-8.

em outro registro e a vontade de uma reformulação lexical plenamente moderna na língua de chegada.[72] A postura de Brunetto em relação à retórica de Cícero é, por um lado, inovadora para o mundo florentino em que vivia, mas, por outro, completamente condizente com seu momento: no exercício de sua atividade profissional, como tabelião, a tradução visava tornar acessível o conteúdo de atos públicos ou particulares àqueles que não tinham o domínio da língua latina, e no exercício de sua atividade como homem de cultura, essa mesma necessidade de tradução/vulgarização se daria pela imprescindível tarefa de oferecer a seus contemporâneos os ensinamentos colocados pela autoridade do filósofo e orador romano.

Colocando "todo seu empenho e seu entendimento" em traduzir e completar o pensamento de Cícero com suas próprias palavras, Brunetto acaba por criar uma obra em prosa italiana original. E não seria exagero concordar com Contini[73] quando ele se refere a Brunetto Latini como "um dos fundadores da alta prosa italiana". É preciso observar, com

---

[72] Cf. Elisa Guadagnini e Giulio Vaccaro, "'Selonc ce que Tulles dit en son livre'. Il lessico retorico nei volgarizzamenti ciceroniani", in *Culture, livelli di cultura e ambienti nel Medioevo occidentale*, Roma, Aracne, 2011, p. 9. Também nesse sentido já havia se pronunciado Siegfried Heinimann ("Zum Wortschatz von Brunetto Latinis *Tresor*", *Vox Romanica*, vol. 27, pp. 96-105, 1968; *Idem*, "Umprägung antiker Begriffe in Brunetto Latinis *Rettorica*", in *Renatae Litterae. Studien zum Nachleben der Antike und zur europäischen Renaissance August Buck zum 60. Geburstag am 3.12.1971 dargebracht von Freunden und Schülern*, herausgegeben von Klaus Heitmann und Eckhart Schroeder, Frankfurt a. M., Athenäeum, 1973 pp. 13-22), ressaltando a tendência que o texto da *Retórica* tem de manter o vocabulário técnico da arte retórica em forte aderência ao latim; ao contrário, portanto, da outra obra de cultura de Brunetto, o *Tresor*, que muitas vezes dá preferência a equivalentes franceses ou a paráfrases.

[73] Gianfranco Contini, *Poeti del Duecento, op. cit.*, vol. II, p. 171.

Emanuel França de Brito

isso, que mesmo que a língua florentina usada por Brunetto não seja ainda capaz de se estabelecer como um modelo normativo de língua, objetivo que passa a ficar claro apenas a partir do *Convívio* dantesco (*c.* 1304), já é possível vislumbrar o início concreto do processo amadurecido pelo "divino" poeta.[74] E isso acontece pela escolha de Dante em seguir pelo mesmo caminho de Brunetto, ou seja, propondo-se a tratar de matérias que difundam o conhecimento em um idioma que até então não era visto como digno de tanto. Assim, compreendemos por que Dante se dirige, nos versos do *Inferno*, a um Brunetto merecedor de devoção e respeito, além do crédito por ter lhe ensinado o modo pelo qual um homem "se torna eterno" em relação à fama terrena.

A *Retórica*, portanto, pode ser lida como fruto do experimentalismo de Brunetto em forjar uma nova língua literária nos moldes do latim ciceroniano, como um esforço para elevar a língua acessível ao povo a um nível de refinamento estético e comunicativo que só seria visto décadas depois, com seu famoso discípulo. Tudo isso, lembremos, vindo de um político que tinha em mente a arte retórica como o principal instrumento para difundir o conhecimento antigo e para modelar o novo de forma equilibrada, sensata e bela.

E se em nossa época o ódio dissimulado parece se sobrepor à credibilidade e à racionalidade do orador — abalando os três pilares da oratória, *éthos*, *páthos* e *lógos* —, que o texto de Brunetto possa servir também como lembrança de que a boa expressão existe para convencer de que o justo é sempre preferível ao injusto, contra o obscurantismo e em defesa da educação, da cultura e da democratização do saber.

---

[74] Cf. Cesare Segre, *Lingua, stile e società. Studi sulla storia della prosa italiana, op. cit.*

Nota ao texto

O texto de referência para a tradução é a edição crítica de Francesco Maggini (1915), em edição revista por Cesare Segre (1968). A numeração indicada entre colchetes nos parágrafos de "Túlio" se refere aos capítulos do *De inventione*, aqui consultado a partir da edição organizada por Maria Greco (1998).

Por este trabalho ter sido concluído antes da publicação da nova edição crítica de Elisa Guadagnini (Marco Túlio Cícero, *De inventione. Volgarizzamento e commento di Brunetto Latini (La Rettorica)*, Edizione Nazionale degli Antichi Volgarizzamenti dei testi latini nei volgari italiani, Florença, Edizione del Galluzzo, no prelo), procurou-se atentar para os artigos que a estudiosa publicou nos últimos anos. Desse modo, foi possível observar seu objetivo de recuperar as escolhas bem-sucedidas entre os manuscritos analisados por Maggini, de rever algumas das escolhas do aparato crítico daquela edição e de considerar, ainda, os dois manuscritos não conhecidos pelo primeiro editor crítico, uma vez que o autógrafo de Brunetto não chegou aos nossos dias.

Agradecimentos

Este volume se apresenta como um dos resultados da pesquisa de pós-doutorado desenvolvido na Universidade de São Paulo e na Università degli Studi di Pisa, entre os anos de 2015 e 2018, para os quais contei com bolsa da Fundação de Amparo à Pesquisa do Estado de São Paulo, à qual sou muito grato. E assim como à agência de fomento, agradeço imensamente às universidades públicas brasileiras pelas quais passei como graduando (Universidade Federal do Paraná) e pesquisador (Universidade de São Paulo), além daquela em

Emanuel França de Brito

que hoje me encontro como professor (Universidade Federal Fluminense).

Um agradecimento aos supervisores deste trabalho, João Adolfo Hansen (USP) e Pietro G. Beltrami (UniPisa) por nossas ótimas conversas e indicações de leitura. Agradeço igualmente a Adma F. Muhana (USP), pelo suporte intelectual e técnico, e a Elisa Guadagnini (Consiglio Nazionale delle Ricerche), pelos generosos conselhos filológicos e bibliográficos. Agradeço a Cide Piquet, por acreditar que um discurso em favor da arte retórica merece ser publicado em tempos em que o valor da palavra parece completamente esvaziado nas esferas pública e privada. A Rodrigo T. Gonçalves e Rafael F. Benthien, pelos esforços em ver este livro impresso. Aos amigos Maurício Santana Dias e Pedro Falleiros Heise, a quem devo um enorme aprendizado, fruto de tantas reflexões sobre a arte, a língua, a poesia e a vida desses últimos anos pandêmicos. Agradeço às pessoas que fizeram e fazem de mim o que sou: mãe (minha eterna revisora), pai, irmã, irmãos, sogro, sobrinhos e amigos do coração. Por fim, um agradecimento em especial às melhores companhias de sempre, Beatriz e Teresa, que me confirmam e me ensinam, dia após dia, que a harmonia na fala e na escrita não se aplica apenas aos tratados teóricos.

A Retórica

Brunetto Latini

Aqui começa o ensino da retórica,[1] trazido em língua vulgar a partir dos livros de Túlio e de muitos filósofos[2] pelo *Ser* Burnetto Latino,[3] de Florença. A letra grande expõe

[1] Em Brunetto Latini, *rettorica*, com etimologia que remete à forma latina *rector*, "regente", e não a *rhetor*, "orador" (cf. Francesco Tateo, "Rettorica", in *Enciclopedia Dantesca* [1970], Umberto Bosco (dir.), Roma, Istituto dell'Enciclopedia Italiana, 1996), marcando a diferença entre um "homem do governo" e um "homem da palavra". Cf. *Retórica* 1, 5 (nota) e Enrico Artifoni, "I podestà professionali e la fondazione retorica della politica comunale", *op. cit.*, p. 702.

[2] Marco Túlio Cícero (106-43 a.C.), político, escritor e orador romano. Sobre as outras principais fontes de Brunetto, cf. a Apresentação a esta edição.

[3] A respeito das variações do nome do autor, Roberta Cella ("Il nome di Ser Brunetto, notaio di nomina comunale", *Studi Mediolatini e Volgari*, nº 60, pp. 87-98, 2014) observa as subscrições autógrafas de Brunetto para constatar mudanças típicas do ambiente florentino: a passagem Burnetto > Brunetto seria explicada por uma metátese motivada pelo latim medieval e pelo francês, enquanto o nome de família assumiria gradualmente o genitivo latino de primeiro caso, sendo "Brunetto Latini" a forma preferida desde os primeiros editores. E cf. Rodolfo Renier, "Prefazione", in Thor Sundby, *Della vita e delle opere di Brunetto Latini*, *op. cit.* Sobre o ato de nomear a si mesmo em 3ª pessoa do singular, Roberto Crespo ("Due note dantesche: 1 — 'Copertoio' (Rime LXXIII i, 8); 2 — 'Brunetto Latino' (*Inferno* XV 30-3)", *Studi Danteschi*, vol. 47, p. 45, 1970) o reconhece como típico, "mesmo que não exclusivo", de nosso autor, estando presente não apenas na *Retórica* (*sponitore*) como no *Tresor* (*mes-*

o texto de Túlio; a menor, as palavras do expositor.[4] Começa o prólogo:[5]

I.

1. [*De inventione*, cap. I] *Com frequência e muito, eu pensei comigo mesmo se o copioso falar e o sumo estudo da eloquência fizeram mais bem ou mais mal aos homens e às cidades; porque, quando eu considero os prejuízos de nossa comuna*[6] *e dirijo a mente às antigas adversidades das maio-*

tres) e no *Tesoretto* (Burnetto Latino); Dante Alighieri reproduz tal característica fazendo com que nosso autor diga seu nome e sobrenome mesmo após ter sido reconhecido pelo poeta viajante nos círculos infernais: "*Siete voi qui, Ser Brunetto?*" (*Inferno* XV 30-3), dirá Dante, usando o mesmo título *Ser* ("senhor"), à época restrito a notários, padres e docentes.

[4] O modelo apresentado é o mesmo de um livro de estudo medieval, em que a diferença no tamanho da letra distingue o texto principal de sua glosa. Considerando que não há autógrafos da *Retórica*, e que os códices *I* e *M*[1] (cf. Bibliografia) são os únicos testemunhos a manter tal distinção (e cf. Elisa Guadagnini, "'Secondo la forma del libro': note sulla tradizione manoscritta della *Rettorica* di Brunetto Latini", *op. cit.*, pp. 362, 366-7), tal característica pode se tratar da interpretação das palavras de Brunetto e reprodução por parte dos amanuenses. Nesta edição, o texto de Cícero virá em itálico.

[5] O prólogo em questão se refere ao texto de Cícero. Guido Baldassari ("Prologo e Accessus ad autores nella *Rettorica* di Brunetto Latini", *op. cit.*) observa que o texto seguinte apresenta um segundo prólogo, de Brunetto, caracterizando o *accessus ad auctores*, isto é, uma introdução comum aos comentários medievais a fim de informar ao leitor sobre autor e conteúdo da obra comentada.

[6] Brunetto traduz a *res publica* de Cícero em *comune*, forma independente de governo das cidades surgido após o século XI e "caráter inconfundível da civilização urbana da Itália" (Enrico Artifoni, "Podestà del comune italiano", in *Enciclopedia Federiciana*, Roma, Istituto dell'Enciclopedia Italiana, 2005). Isso acontecerá de forma semelhante com *senatus* (vertido em *consiglio*), em um processo que Gianfranco Folena (*Volgarizzare e tradurre*, *op. cit.*, p. 41) caracteriza como uma "atualização programaticamente anacrônica" das instituições clássicas à Florença do

Brunetto Latini

res cidades, vejo que uma parte não pequena dos danos é provocada por homens muito eloquentes e sem sabedoria.[7]

Aqui fala o expositor:

1. A retórica é uma ciência de duas formas: a que ensina a falar, de que trata Túlio em seu livro, e a que ensina a ditar cartas; e por ele não ter tratado explicitamente dessa última, o expositor o fará no desenvolvimento do livro, em seu lugar e tempo, como será conveniente. 2. A retórica, assim como as outras ciências, é ensinada de dois modos, por fora e por dentro.[8] *Verbi gratia*: por fora, é ensinada demonstrando-se o que é retórica, qual seu gênero, sua matéria, seu dever, suas partes, seu instrumento, seu fim e seu artífice, assim como Boécio tratou no quarto livro da *Tópica*;[9] por dentro, essa arte é ensinada quando se demonstra o que deve ser feito com a matéria da fala e do ditado, ou seja, como devem ser feitos o exórdio, a narração e as outras partes do discurso ou da epístola, isto é, de uma carta escrita. Túlio aborda

século XIII. Sobre a alusão de Cícero, segundo Maria Greco (tradução de *De inventione*, *op. cit.*, p. 176), trata-se dos tumultos provocados por uma série de leis agrárias aprovadas durante os tribunados dos Gracos (133 a.C. e 123-2 a.C.) e de Saturnino, sendo a violência derivada dessas mudanças atribuídas à eloquência; cf. Tácito, *Dialogo degli oratori* 37, Luigi Valmaggi (org.), Turim, Giovanni Chiantore, 1923.

[7] Como refere Francesco Maggini (Brunetto Latini, *La Rettorica*, *op. cit.*, p. 3), "sem sabedoria" não consta no texto latino de partida, sendo a adição de Brunetto confirmada pelas palavras do comentário em *Retórica*, 1, 17.

[8] Cf. Victorino, *Explanationum in Rethoricam* (Carolus Halm (org.), *Rhetores Latini Minores*, Leipzig, B. G. Teubneri, 1863, p. 170). Nesse passo, Victorino atribui a definição ao escritor latino Varrão, o qual havia dito que, por essa perspectiva, "todas as artes são duplas".

[9] Cf. Boécio, *De topicis differentiis* (P.L. 64, col. 1205-16). Ainda sobre a duplicidade das artes, a mesma observação é feita por Boécio em relação à retórica (col. 1209).

os dois temas nesse seu livro. 3. Mas como ele não demonstrou o que é retórica nem qual é o seu artífice, o expositor deve, para melhor esclarecer a obra, falar sobre ambos.

4. Retórica é a ciência do falar bem, isto é, a ciência pela qual nós sabemos falar e ditar de modo ornamentado. De outra maneira, é assim definida: retórica é a ciência do falar bem sobre uma causa definida, isto é, pela qual nós sabemos discorrer de modo ornamentado sobre uma determinada questão. Há também uma definição mais completa, desta forma: retórica é a ciência do usar a plena e perfeita eloquência nas causas públicas e privadas; o que significa ser a ciência pela qual nós sabemos falar exaustivamente e perfeitamente em questões públicas e privadas; e, certamente, quem fala exaustivamente e perfeitamente usa palavras ornamentadas em seu discurso, sendo repletas de bons significados. Questões públicas são aquelas nas quais se aborda a situação de alguma cidade ou comunidade de pessoas. Questões privadas são aquelas nas quais se aborda a situação de alguma pessoa específica. Embora seja intenção do expositor usar as mesmas palavras para se referir ao ditado e à fala, uma pessoa pode saber ditar muito bem e não ter sagacidade ou conhecimento para proferir suas palavras diante de outros; por outro lado, quem sabe falar bem pode saber ditar cartas muito bem.

5. Dissemos o que é a retórica e agora falaremos sobre seus artífices, que são dois: um é *"rector"* e o outro é *"orator"*. *Verbi gratia*: *Rector* é aquele que ensina tal ciência segundo as regras e os comandos da arte.[10] *Orator* é quem, de-

---

[10] Como observa Enrico Artifoni ("I podestà professionali e la fondazione retorica della politica comunale", *op. cit.*, p. 702), Brunetto traduz fielmente até o momento uma *ars rethorice* anônima do século XII (e cf. Gian Carlo Alessio, "Brunetto Latini e Cicerone (e i dettatori)", *op. cit.*), que por sua vez reproduzia o texto de Victorino. Nesse passo, contu-

pois de ter aprendido bem a arte, a usa ao falar e ao ditar sobre determinadas questões, assim como fazem os que falam e ditam bem; assim como fez o mestre Pier della Vigna,[11] que por isso se tornou ministro do imperador de Roma, Frederico II,[12] tendo exercido enorme influência sobre ele e sobre o Império. Por isso, Victorino diz que o *orator*, o orador, é um homem bom e especialista no falar, aquele que usa a plena e perfeita eloquência nas causas públicas e privadas.[13]

6. Tendo já falado o que é retórica e sobre seus artífices — um que a ensina e outro que a coloca em prática com a fala —, o expositor deve, então, falar sobre o autor, isto é, o inventor, e qual foi sua intenção neste livro; além disso, deve falar daquilo de que trata, a causa pela qual este livro é feito, qual sua utilidade e que título possui. 7. Os autores deste livro são dois: Marco Túlio Cícero, o mais sábio dos ro-

do, ele insinua uma mudança mínima, mas estratégica, isto é, a passagem de *rethor* para *rector* (e cf. a Apresentação a esta edição).

[11] Um dos mais ilustres representantes da *ars dictaminis* de seu tempo, Pier della Vigna passou a fazer parte da chancelaria imperial por volta de 1220, tendo composto a linha "ininterrupta e densa" (Carlo Dionisotti, *Geografia e storia della letteratura italiana*, *op. cit.*, p. 58) de juízes-poetas (laicos educados para o estudo e para a prática das leis) que ao longo de todo o século XIII e metade do XIV atuaram na passagem da literatura siciliana à Itália peninsular e erudita. Além de Pier della Vigna, destacam-se entre esses Giacomo da Lentini, Guido delle Colonne, Guido Guinizelli, Lapo Gianni, Cino da Pistoia, Francesco da Barberino, além do próprio Brunetto Latini. E cf. Dante Alighieri, *Inferno* XIII 58-63.

[12] Frederico II de Suábia (1194-1250), coroado imperador do Sacro Império Romano em 1220. Ainda que Rodolfo de Habsburgo e Adolfo de Nassau tenham sido eleitos Reis dos Romanos (1273 e 1291, respectivamente) durante a vida de Brunetto, tais reis nunca foram coroados imperadores. Cf. a Apresentação a esta edição.

[13] Cf. Victorino, *Explanationum in Rethoricam*, *op. cit.*, p. 156. A definição fora inicialmente dada por Catão, o censor, no ciceroniano *De Oratore*.

manos, que tratou da retórica a partir das palavras dos filósofos que viveram antes dele e a partir da viva fonte de seu engenho; o segundo é Brunetto Latino, cidadão de Florença, que aplicou todo seu empenho e seu entendimento para expor e esclarecer aquilo que Túlio havia dito. Esse é quem este livro chama de expositor, quem expõe e faz entender o livro de Túlio com palavras próprias e com palavras dos filósofos e mestres que já se foram, além do que mais for necessário à arte devido ao que foi deixado de lado no livro de Túlio, assim como o leitor atento poderá ver adiante.

8. Nesta obra, a intenção foi dar ensinamento — àquele que motivou com o amor a escrita deste tratado — sobre o falar ornadamente a respeito de cada uma das determinadas questões.

9. Esta trata, segundo a forma do livro de Túlio, de todas as cinco partes gerais da retórica. *Verbi gratia: Inventio*, isto é, como desenvolver aquilo que precisa ser dito sobre determinado tema; e das outras quatro, segundo constam no segundo livro de Túlio, a seu amigo Herênio,[14] sobre as quais este tratado dirá o que for necessário.

10. O motivo pelo qual este livro foi feito é porque Brunetto Latino, devido à guerra entres os partidos de Florença, foi banido de sua terra após o seu partido guelfo — que se colocava a favor do papa e da Igreja de Roma — ter sido também expulso e banido de sua terra.[15] Ele, então, foi à França

---

[14] A *Rhetorica ad Herennium*, tida até o século XV com uma obra de Cícero, era chamada de *Rhetorica secunda* ou *nova* e vista como continuação do *De inventione*. As outras partes de que trata a obra são *dispositio*, *elocutio*, *memoria* e *pronuntiatio*, abordadas a partir do cap. 27.

[15] A *Retórica* foi composta a partir de 1260 (termo *post quem*: ano da batalha de Montaperti e exílio de Brunetto), sendo provavelmente interrompida porque a matéria é transferida ao Livro III do *Tresor* (termo *ante quem*). Sobre as causas do exílio de Brunetto, cf. a Apresentação a esta edição.

para cuidar de seus negócios[16] e lá encontrou um amigo de sua cidade e de seu partido, muito rico de bens, de bons costumes e repleto de grande sensatez; este o ajudou moralmente e materialmente, sendo por ele chamado de seu "porto", assim como se vê claramente em muitas partes deste livro. Esse amigo era um ótimo orador por natureza, mas desejava muito saber o que os sábios haviam dito sobre a retórica. E pelo seu amor, Brunetto Latino, que era versado nas letras e muito dedicado ao estudo da retórica, se dedicou a compor esta obra, na qual apresenta primeiro o texto de Túlio, para maior solidez, e depois acrescenta, por seu próprio conhecimento e por conhecimento de outros, aquilo que é mister.

11. Este livro será extremamente útil, porque quem souber bem o que comanda o livro e a arte saberá falar inteiramente sobre uma questão atribuída.

12. O título deste livro, assim como aparece no começo, é *Aqui começa o ensino da retórica, trazido em língua vulgar a partir dos livros de Túlio e de muitos filósofos*. E que o título é adequado e pertinente se demonstra claramente pelo efeito da obra, porque o livro de Túlio é trazido sem fa-

---

[16] Para Corrado Calenda ("'Esilio' ed 'esclusione' tra biografismo e mentalità collettiva: Brunetto Latini, Guittone d'Arezzo, Guido Cavalcanti", *L'exil et l'exclusion dans la culture italienne: actes du colloque franco-italien* (Aix-en-Provance, 19-20-21 octobre 1989), Aix-en-Provence: Centre Aixois de Recherches Italiennes/Publications de l'Université de Provence, 1991, p. 44), o sofrimento característico de um exílio é minimizado nesse trecho autobiográfico pelo fato de Brunetto apresentar tal período como uma justificativa técnica para a operação — de caráter teórico, pragmático e com objetivos de divulgação — que tomaria forma com a *Retórica*. Ao contrário de Dante Alighieri (*Convívio* I ii 2), que menciona e usa um recurso oratório para se desculpar do fato de ter se colocado como protagonista de sua exposição filosófica (e cf. cf. Boécio, *A consolação da filosofia*; Tomás de Aquino, *Super II ad Cor.*, cap. 10, lect. 2), Brunetto prefere invocar o recurso para justificar unicamente a ação de Cícero. Cf. *Retórica* 1, 13 (nota).

lhas para o vulgar e colocado primeiramente em letras grandes, mostrando sua maior importância. Depois, em letras pequenas, são trazidas as palavras de muitos outros filósofos, bem como o entendimento do expositor. Nesse ponto específico, ele se distancia da matéria e se volta apenas à compreensão pessoal do texto.

13. Na parte do texto apresentado, o expositor diz que Túlio, querendo que a retórica (malvista em seu tempo) fosse amada e apreciada, colocou — à guisa de muitos sábios — seu prólogo no início, no qual purgou aquelas coisas que a ele pareciam graves. Pois, assim como diz Boécio no comentário à *Tópica*, quem escreve sobre alguma matéria deve primeiro depurar aquilo que lhe parece grave.[17] Assim fez Túlio, que purgou três coisas: primeiramente, os males derivados da eloquência; depois, a opinião de Platão; por fim, a opinião de Aristóteles. A opinião de Platão era de que a retórica não é arte, mas dádiva da natureza, porque via que muitos eram bons oradores por natureza, e não por serem instruídos na arte.[18] A opinião de Aristóteles é de que a retórica é uma arte, mas uma arte ruim, pois existia uma impressão geral de que a eloquência havia provocado mais mal que bem às cidades e aos indivíduos.[19] 14. Por isso, para depurar esses três

---

[17] Francesco Maggini (*La "Rettorica" italiana di Brunetto Latini*, *op. cit.*, p. 34) remete essa menção ao *In topica Ciceronis commentariorum*, de Boécio, sem ser capaz de identificar o passo. Segundo Stefania D'Agata D'Ottavi (tradução de *La Rettorica*, Michigan, WMU Medieval Institute Publications, 2016, p. 117), Brunetto atribui a Boécio um pensamento que só pode ser encontrado no *Commento* de Grillio ao *De inventione* (Carolus Halm (org.), *Rhetores Latini Minores*, *op. cit.*, p. 597).

[18] Sobre a oposição "natural x artificial" do pensamento platônico, cf. os textos referidos na Apresentação a esta edição. Stefania D'Agata D'Ottavi, mais uma vez, remete ao *Commento* de Grillio ao *De inventione*, onde há um resumo dessa ampla discussão retomada por Brunetto.

[19] Marco Fabio Quintiliano (*Institutio oratoria* II 17, 14) dá notícias

pontos graves, Túlio procede de tal modo: em primeiro lugar, diz que pensou profundamente, e com frequência, sobre o efeito que provém da eloquência. Na segunda parte, demonstra o bem e o mal que dela provinham, e qual prevalecia. Na terceira parte, diz três coisas: primeiro, o que entende por sabedoria; em seguida, o que entende por eloquência; depois, o que entende por sabedoria e eloquência juntas. Na quarta parte, apresenta as provas sobre esses três pontos mencionados e conclui a favor do estudo da retórica, partindo de argumentos movidos pelo que há de honrado, útil, possível e necessário. Na quinta parte, Túlio mostra aquilo que abordará no livro, e o modo como o fará.

15. Depois de Túlio ter dito, no início de seu texto, que muitas vezes e por longo tempo havia pensado sobre o bem e o mal advindos, ele fala prontamente do mal para concordar com o pensamento daqueles que se lembram mais de um mal recente que de muitos bens antigos; assim, supondo não se lembrar de bens antigos, Túlio finge criticar a retórica para poder louvá-la e defendê-la com mais segurança. 16. Pela mensagem do texto acima, podemos entender claramente que — mesmo indicando que males ocorreram e que não podem ser negados — ele defende a eloquência, minimizando e reduzindo as consequências negativas. Porque dizendo "prejuízos", ele faz com que tais males pareçam leves, aos quais as pessoas dão pouca importância. Dizendo "de nossa comuna", também minimiza o mal, uma vez que o homem dá mais atenção ao prejuízo pessoal que ao comum. Com "nossa comuna" quero dizer Roma, pois Túlio era cidadão de Roma

de que, em um texto fragmentário aristotélico, a retórica é vista sob a perspectiva negativa (*pars destruens* de uma disputa filosófica) enquanto desprovida de uma finalidade. No entanto, o mesmo autor reconhece a importância do filósofo grego em localizar a retórica como um "tipo de ramificação da dialética e da discussão ética que é correto chamar de política" (cf. Aristóteles, *Retórica* 1356a 25). E cf. a Apresentação a esta edição.

— novo, e não de grande aristocracia;[20] mas, pela sua sensatez, foi tido em tão alta estima que toda Roma se atinha à sua palavra, tendo isso ocorrido no tempo de Catilina,[21] de Pompeu[22] e de Júlio César.[23] Pelo bem de sua terra, se opôs ferozmente a Catilina; depois, na guerra entre Pompeu e Júlio César, esteve com Pompeu, como todos os sábios que amavam o estatuto de Roma; e talvez a chame de "nossa comuna" porque Roma é a capital do mundo e comuna de todos os homens. 17. E dizendo "antigas adversidades", ele também minimiza o mal, pois damos pouca atenção aos danos antigos. O mesmo se dá com "maiores cidades", já que, como diz o bom poeta Lucano, não é concedido às maiores coisas durar tão longamente;[24] outro poeta diz que as maiores coisas desmoronam pelo peso de si mesmas.[25] Assim, não parece ser a eloquência a causa do mal que assola as grandes

[20] Originário de uma abastada família de classe social inferior, a dos "equestres", Cícero conquista o reconhecimento que o conduz ao Senado por sua ótima atuação como advogado, magistrado e administrador público.

[21] Lúcio Sérgio Catilina (108-62 a.C.), senador romano. As denúncias feitas por Cícero a uma conjuração armada por Catilina contra o Estado deu origem às célebres orações *In Lucium Catilinam*, ou *Catilinárias*. O episódio é muitas vezes citado por Brunetto a partir do retrato histórico feito por Salústio, em *De coniuratione Catilinae*. Cf. *Retórica* 49, 2; 59, 1; 98, 2; 102, 3 ss., 103, 1; 105, 3.

[22] Cneu Pompeu Magno (106-48 a.C.), general e político romano que, com Júlio César e Marco Licínio Crasso, constituiu o primeiro triunvirato (60 a.C.).

[23] Caio Júlio César (101-44 a.C.), general e político que, nomeado ditador em 44 a.C., foi o centralizador da autoridade política romana.

[24] Cf. Lucano, *Farsália* I 70-1. Há indícios, no entanto, de que se trata de citação indireta, feita a partir da coletânea anônima *Moralium dogma philosophorum*, texto familiar a Brunetto (e cf. Thor Sundby, *Della vita e delle opere di Brunetto Latini, op. cit.*, p. 463).

[25] Cf. Horácio, *Odes* III 4, 65. Thor Sundby (*Della vita e delle ope-*

Brunetto Latini

cidades. E dizendo que os danos advêm por causa de homens muito eloquentes, sem sabedoria, Túlio claramente minimiza o mal e defende a retórica, afirmando que o mal se dá por causa de tantos oradores nos quais não prevalece a sensatez; e não diz que o mal existe pela eloquência, pois Victorino afirma que "essa palavra, *eloquência*, soa muito bem, e do bem não pode nascer o mal".[26] 18. Esse é um belo colorido retórico, defender quando demonstra criticar, e acusar quando parece louvar. Essa figura de linguagem se chama *insinuatio*, da qual o livro falará no devido lugar.[27] Aqui, o tratado se afasta da primeira parte do prólogo, na qual Túlio expõe seu pensamento e os males derivados da eloquência; e retorna à segunda parte, na qual demonstra os bens que por ela se deram.

Túlio

2. Quando me disponho a trazer com base em antigos escritos as coisas que estão afastadas de nossa lembrança pela sua antiguidade, entendo que a eloquência unida à razão do ânimo, isto é, à sabedoria, mais rapidamente pôde conquistar e realizar a edificação de cidades, reprimir muitas batalhas, construir sólidas alianças e criar amizades invioláveis.

re di Brunetto Latini, *op. cit.*, p. 431) ressalta o fato de que essa frase vem seguida da anterior nos *Moralium dogma*, podendo ser atribuída a "outro" apenas por uma falta de indicação específica no trecho da coletânea. Naquele texto, a referência a Horácio seria feita apenas posteriormente (cap. 35), sendo, no entanto, o conteúdo da citação também presente em Lucano (*Farsália* I 81).

[26] Cf. Victorino, *Explanationum in Rethoricam*, *op. cit.*, p. 157). *Tópos* retórico (*nomina sunt consequentia rerum*), cuja origem anterior pode ser identificada em Justiniano (*Instituições* II 7 3). O lugar-comum é usado com a convicção de que o nome revela as principais características daquilo a que é atribuído.

[27] Cf. Brunetto Latini, *Retórica* 87. Ver, nesta edição, pp. 167-8.

O expositor

1. Depois de Túlio ter destacado os males causados pela eloquência, ele agora destaca os bens; por isso, enumera mais bens que males, sendo de sua intenção louvá-la. Note-se que ele diz "eloquência unida à sabedoria", pois a sabedoria provoca a vontade de se fazer o bem, mas é a eloquência que permite que isso se realize. 2. As outras palavras presentes no texto, "realizar a edificação de cidades, reprimir muitas batalhas etc.", são postas de modo ordenado, porque primeiro os homens se reuniram para viver sob uma mesma razão, sob os bons costumes e para a multiplicação dos bens; depois de terem se tornado ricos, cresceu entre eles a inveja e, por causa dela, se deram guerras e batalhas. Em seguida, os sábios e bons oradores reprimiram as batalhas, e os homens formaram alianças e delas se serviram para os negócios e o comércio; dessas alianças, pela eloquência e pela sabedoria, esses homens começaram a estabelecer sólidas amizades. 3. Mas para explicar melhor a obra é conveniente que se demonstre aqui o significado dessas palavras: o que é cidade, o que é aliado, o que é amigo, o que é sabedoria e o que é eloquência; pois o expositor não quer que um só vocábulo permaneça sem uma compreensão explícita.

4. *O que é cidade*: é uma reunião de pessoas agrupadas para viver de modo racional. Por isso, não são chamados de cidadãos de uma mesma comuna apenas por viverem reunidos dentro do mesmo muro, mas por estarem reunidos para viver sob uma única razão.

5. *O que é aliado*: é quem, por determinado pacto, se associa a outro homem para realizar determinada operação. A esse respeito, Victorino diz que uma sólida aliança se torna muito mais firme pela eloquência.[28]

---

[28] As três primeiras definições deste trecho ("cidade", "aliado" e

Brunetto Latini

6. *O que é amigo*: é aquele que, pela prática de uma vida similar, se associa a outro homem baseado no amor justo e fiel. *Verbi gratia*: para que duas pessoas sejam amigas, é necessário que pratiquem os mesmos hábitos e os mesmos costumes, e por isso se diz "com a prática de uma vida similar"; e diz-se "amor justo" para que não seja por causa de luxúria ou de outras obras imundas; e diz-se "amor fiel" para que não seja por vantagem ou apenas por utilidade, mas que seja por constante virtude. Evidentemente, não é verdadeira a amizade que se dá por interesses e por prazeres, pois ela se desestabiliza com esses vícios.

7. *O que é sabedoria*: é compreender a verdade das coisas assim como elas são.

8. *O que é eloquência*: é saber proferir palavras belas e providas de boas opiniões.

Túlio

3. E assim, após pensar longamente, a razão me conduz a uma firme conclusão, isto é, que sabedoria sem eloquência é pouco útil às cidades, e eloquência sem sabedoria é — com frequência — muito danosa e inútil. Por isso, se alguém abandona os mais corretos e honestos usos da razão e dos deveres, consumindo toda sua obra para se dedicar apenas ao exercício da palavra, ele certamente é um cidadão inútil a si mesmo e perigoso a sua cidade e a seu país. Mas aquele que se arma de eloquência, não para combater o bem do país e sim para brigar por ele, esse me parece um tipo de homem e cidadão dos mais úteis e mais válidos ao benefício pessoal e público.

"amigo") se encontram em Victorino (*Explanationum in Rethoricam, op. cit.*, p. 158), sendo as duas últimas incluídas por Brunetto.

O expositor

1. Após Túlio ter completado as duas primeiras partes de seu prólogo, começa a terceira dizendo três coisas. Em primeiro lugar, o que entende por sabedoria, até onde diz "Por isso"; a segunda começa com ele dizendo o que entende por eloquência; e, a partir de "Mas aquele que se arma", ele diz o que entende quando as duas estão juntas.

2. Por isso, Victorino afirma que "se nós quisermos colocar determinada ação rapidamente em prática nas cidades, é necessário manter a sabedoria unida à eloquência, porque a sabedoria é sempre mais lenta".[29] Isso fica bem evidente naquele sábio que não é tão bom orador, mas que certamente nos daria prontamente um conselho, como se fosse um bom orador, se por nós indagado. Contudo, se além de sábio fosse um grande orador, ele nos faria acreditar naquilo que quisesse. 3. E onde Túlio fala dos que deixam os estudos da razão e dos deveres, entendo que diz "razão" para a sabedoria, e "deveres" para as virtudes, como a valentia, a justiça e as outras virtudes que têm a tarefa de pôr em ação o que nos faz discernir, ser justos e de bons hábitos.[30] 4. Desse modo, acaba por não ser levado a sério quem se afasta da sabedoria e das virtudes e se aplica apenas ao discurso, acarretando más consequências a si mesmo e ao país por não saber tratar daquilo que é útil a si e à comunidade, no tempo, lugar e or-

[29] *Idem, ibidem*, p. 163.

[30] Pela perspectiva cristã, sete são as virtudes: quatro cardeais (justiça, fortaleza, prudência e temperança) e três teologais (fé, esperança e caridade). Aristóteles, no entanto, havia indicado serem várias outras as virtudes que residem na justa medida entre os excessos opostos. Nesse sentido, é importante salientar que Brunetto também havia se empenhado na divulgação do estagirita, cuja *Ética* é parcialmente vulgarizada no segundo livro do *Tresor* a partir de uma *Etique Aristotes*, versão francesa do compêndio *Summa Alexandrinorum*. Cf. Aristóteles, *Ética a Nicômaco* II 7 1107a 28-1108b 10, V 3 1129b 11-1130a 13.

dem convenientes. 5. Por isso, quem se veste com a armadura da eloquência é útil a si e a seu país. Com essa armadura eu quero dizer a eloquência, e com sabedoria quero dizer a força;[31] porque, assim como usamos a força para sustentar a armadura com que nos defendemos dos inimigos, com a eloquência defendemos nossa causa do adversário e com a sabedoria nos abstemos de dizer aquilo que nos possa provocar danos. Isso é dito na terceira parte do prólogo de Túlio. 6. Assim, o tratado vai à quarta parte do prólogo para provar o que foi dito antes e para nos conduzir à conclusão, isto é: que devemos estudar retórica para termos eloquência e sabedoria. Isso é muito bem argumentado por Túlio, de modo que acredito que deva e possa ser como ele diz, pois é conveniente que seja mesmo assim, e é justo que seja mesmo assim. Eis exposto o texto de Túlio, trazido em letras grandes e seguido das letras pequenas, segundo a forma do livro.

Túlio
4. Portanto, se nós quisermos considerar o início da eloquência — tendo esta chegado ao homem pela arte, pelo estudo, pelo uso ou pela força da natureza — veremos que ela tem origem nas mais justas causas e que foi movida pelas melhores razões. [cap. II] Porque houve um tempo em que os homens vagavam por todas as partes, como animais pelos campos, conduzindo suas vidas como feras e resolvendo quase todas as coisas com a força do corpo,[32] e não com a razão do ânimo. Naquele tempo, nem a divina religião nem as relações humanas eram reverenciadas. Nenhum homem havia

[31] Cf. Victorino, *Explanationum in Rethoricam, op. cit.*, p. 159.
[32] Cf. Virgílio, *Eneida* VIII, 314 ss.; Salústio, *De coniuratione Catilinae* I; e cf. Victorino, *Explanationum in Rethoricam, op. cit.*, pp. 160, 33).

experimentado o matrimônio[33] *legítimo ou reconhecido os filhos certamente seus, nem haviam pensado sobre a utilidade de se manter a razão e a igualdade. Assim, por erro e por inépcia, a cupidez — cega, insensata e temerária dominadora do ânimo — abusava, com a ajuda de perigosos cúmplices, das forças do corpo para se satisfazer.*

O expositor
1. Nessa quarta parte do prólogo, Túlio — querendo demonstrar que a eloquência tem origem e se desenvolve pelas melhores e mais nobres causas e razões — fala como, há tempos, os homens eram rudes e ignorantes, como os animais. Os filósofos dizem, e a Santa Escritura confirma, que o homem é feito de corpo e de alma racional, tendo a alma inteiro conhecimento das coisas devido à razão que nela existe. 2. E Victorino afirma: "Assim como a força do vinho é diminuída pela qualidade do frasco onde é posto, a força da alma é transformada pela qualidade do corpo ao qual ela se une".[34] Por isso, se um corpo está maldisposto e repleto de maus humores, a alma perde o discernimento das coisas pelo peso desse corpo, de modo que mal pode distinguir o bem e o mal. Nos tempos passados, isso ocorria a muitas almas que eram agravadas por esse peso, sendo aqueles homens tão pérfidos e sem discernimento que não reconheciam a Deus

---

[33] Em Brunetto, *managio* (do francês antigo *mainage*; cf. *TLIO: Tesoro della Lingua Italiana delle Origini*, disponível em http://tlio.ovi.cnr.it/TLIO/), galicismo preferido na edição crítica de Francesco Maggini. Já Elisa Guadagnini ("Per una nuova edizione della *Rettorica* di Brunetto Latini", *Actes del 26é Congrés de Lingüística i Filologia Romàniques*, t. VII, p. 218) entende que seria mais adequada a lição *maritaggio*, atestada por uma família de códices e bastante presente no toscano antigo.

[34] Cf. Victorino, *Explanationum in Rethoricam*, *op. cit.*, p. 161. A mesma comparação é feita no *Tresor* III 1, 12, sem que, naquele tratado, seja explicitada a referência ao gramático latino.

ou a si mesmos. Portanto, usavam mal as forças do corpo matando-se uns aos outros, tomando bens alheios pela força e pelo furto, abandonando-se à luxúria, não reconhecendo os próprios filhos e nem possuindo esposas legítimas. 3. Todavia, a natureza — isto é, a disposição divina — não havia distribuído essa bestialidade em todos os homens de maneira igual; houve determinado sábio e ótimo orador que, vendo que os homens estavam dispostos a conversar, usou de palavras para conduzi-los ao divino conhecimento — isto é, amar a Deus e ao próximo — assim como o expositor dirá em seu devido lugar. Por isso, Túlio diz no texto acima que a eloquência teve início pelas mais justas causas e mais corretas razões, isto é, amar a Deus e ao próximo, já que sem isso a raça humana não teria resistido. 4. E onde Túlio diz que os homens vagavam pelos campos, entendo que não tinham casa nem lugar fixo, mas iam de um lado para outro como bichos. 5. Onde diz que viviam como feras, entendo que comiam carne crua, plantas cruas e outras comidas, assim como os animais ferozes. 6. Onde diz "resolvendo quase todas as coisas com a força do corpo, e não com a razão", entendo que diz "quase" porque não resolviam tudo com a força, mas algumas com a razão e com a sensatez, como falar, desejar e outras coisas movidas pelo ânimo. 7. Onde diz que a religião divina não era reverenciada, entendo que não sabiam da existência de Deus. 8. Onde fala sobre as relações humanas, entendo que não sabiam viver com princípios morais e não conheciam a prudência, a justiça ou as outras virtudes. 9. Onde diz que não mantinham a razão, entendo a "razão" como "justiça", a que os livros da lei descrevem como a perpétua e sólida vontade do ânimo que concede a cada um o que lhe é devido. 10. Onde diz "igualdade", entendo aquela razão que dá a mesma punição ao grande e ao pequeno em relação aos mesmos fatos. 11. Onde diz "cupidez", entendo o vício contrário à temperança; esse vício nos conduz a desejar uma coisa que não devemos querer, e exerce em nosso ânimo um mau domínio, o que não permite refrear os movimentos malignos. 12. Onde diz "inépcia", entendo se tratar de não distinguir o útil do inútil; porque se refere à cupidez como cega pelo não saber e pelo não diferenciar vantagens e danos. 13. Onde diz "insensata e temerária", entendo que insensatos e temerários são homens loucos e imprudentes que fazem coisas que não devem ser feitas. 14. E onde diz "abusava das forças do corpo", entendo abusar como fazer mau uso; pois Victorino diz que a força do corpo nos é dada por Deus para ser usada em coisas úteis e honradas, e esses faziam exatamente o contrário.[35] 15. O expositor do texto de Túlio já falou sobre as causas pelas quais a eloquência começou a se manifestar, agora dirá de que modo se manifestou e como se propagou.

Túlio
5. Naquele tempo, houve um homem grandioso e sábio[36] que compreendeu a natureza do ânimo dos homens e o potencial para coisas mais importantes, desde que pudessem ser conduzidos e melhorados com instruções. A partir disso, impeliu e reuniu os homens que estavam espalhados pelos campos e dispersos em esconderijos silvestres, estimulando-os a conhecer coisas úteis e honradas; e ainda que de início essas coisas tenham lhes parecido difíceis pela falta de costumes, eles depois o escutaram com dedicação por sua razão e belo falar; assim, ele fez com que se tornassem condescen-

---

[35] Cf. Victorino, *Explanationum in Rethoricam, op. cit.*, p. 161.

[36] Em Virgílio (*Eneida* VIII 319 ss.) essa figura é identificada com Saturno. Victorino (*Explanationum in Rethoricam, op. cit.*, pp. 161, 41-3) menciona também Platão e Aristóteles, mas é remota a possibilidade de uma identificação precisa.

Brunetto Latini

dentes e pacatos, afastados da ferocidade e da crueldade que antes os dominavam.

O expositor

1. Nessa parte, Túlio quer demonstrar a partir de quem, como e em quais circunstâncias a eloquência começou. Seu argumento é que num tempo em que as pessoas viviam em más condições, houve alguém que — grandioso pela eloquência e sábio pela sensatez — compreendeu a razão que o homem naturalmente possui e que lhe permite entender e raciocinar; ele compreendeu o potencial humano para fazer coisas grandiosas, como manter a paz, amar a Deus e ao próximo, construir cidades, castelos, habitações, adotar bons hábitos, manter a justiça e viver de modo organizado. Tudo isso, caso houvesse quem os pudesse direcionar, tirando-os da vida bestial e os melhorando com regras, isto é, com preceitos, leis, e estatutos que os refreasse.[37] 2. Aqui incide uma questão, pois alguém poderia dizer: "Como era possível melhorá-los, já que não eram bons?". Respondo dizendo que a razão da alma era naturalmente boa; portanto, era possível melhorá-los, como dito. 3. Assim, esse sábio os "impeliu", porque eles não queriam se reunir, e os "reuniu" depois de eles terem aceitado tal proposta. O sábio homem o fez com sensatez e eloquência, mostrando-lhes belas razões, expondo-lhes a utilidade e se empenhando em dar-lhes de comer, com belos jantares, almoços e outros prazeres, de forma que se reuniram e se sujeitaram a ouvir suas palavras. Ele lhes ensinava coisas úteis, dizendo "fiquem juntos e ajudem-se uns

---

[37] Francesco Maggini atesta que apenas um dos manuscritos apresenta o verbo no plural, ao passo que todos os outros o trazem no singular. Por esse fato, preferiu-se manter na tradução aquilo que o editor crítico entende como um "complexo único", sendo os ensinamentos, leis e estatutos equivalentes a um singular (e.g., "isso").

aos outros, assim estarão em segurança e fortes; construam também cidades e vilas". Além disso, ensinava-lhes coisas honradas, dizendo "que o pequeno respeite o grande, que o filho tema seu pai" etc. 4. Embora viver racionalmente e sob regras pudesse parecer difícil àqueles que viviam como selvagens, pois eram naturalmente livres e não queriam se sujeitar a um domínio, aos poucos, ouvindo a refinada fala do sábio e considerando racionalmente que a extensa e livre permissão às más ações os fazia voltar a grandes destruições e colocava em perigo a humanidade, ouviram-no e se preocuparam em compreendê-lo. Dessa maneira, o sábio homem os afastou de sua própria ferocidade e crueldade (diz "ferocidade" porque viviam como feras, e "crueldade" porque o pai e o filho não se conheciam, e eram capazes de matar um ao outro) e os fez dóceis e condescendentes, isto é, inclinados à razão e à virtude, alheios ao mal. 5. Tendo dito quem começou a eloquência, com quem e de que modo, Túlio agora apresentará a razão sem a qual isso não poderia ter sido feito.

Túlio
6. *Parece-me, então, que a sabedoria tácita e pobre de palavras não poderia ter feito tanto como fez a sabedoria eloquente, a ponto de ter afastado tão subitamente aqueles homens dos antigos e arcaicos costumes e tê-los formado em diversos modos de vida racional.*

O expositor
1. Nessa parte, Túlio expõe a razão sem a qual o sábio homem não poderia ter feito o que fez; e chama de "tácita" a sabedoria daqueles que não ensinam com palavras, mas com obras, como os eremitas. E chama de "pobre de palavras" a sabedoria daqueles que não sabem ornamentá-la com um belo discurso, preenchê-la de sentenças e convencer os outros de sua opinião. Por isso, podemos entender que a sa-

bedoria possui uma força muito pequena se ela não se une à eloquência, e podemos entender que acima de todas as coisas está a grande sabedoria unida à eloquência. 2. Onde ele diz "tão subitamente", entendo que aquele sábio homem poderia muito bem ter feito essas mesmas coisas com a sabedoria, mas não tão rápido e nem tão subitamente como fez tendo a seu favor a eloquência e a sabedoria. E lá onde diz "em diversos modos de vida" entendo que fez de um homem cavaleiro, de outro fez clérigo, e assim com outras profissões.

Túlio

7. *Depois de construídas as cidades e as vilas, os homens aprenderam a ter fé, a manter a justiça e a conservar o costume de obedecer uns aos outros por vontade própria; aprenderam não apenas a aceitar sanções e esforços pela utilidade comum, mas teriam chegado ao ponto de morrer para manter a comunidade. Isso não teria sido possível se os homens não tivessem sido hábeis com as palavras — isto é, com a eloquência — para convencer do que pensavam e para demonstrar o que haviam descoberto com sabedoria. 8. Certamente, quem tinha força e poder sobre muitos outros não teria aceitado se tornar par daqueles que poderia dominar se uma fala suave e sensata não o tivesse movido; o antigo uso era tão prazeroso e havia perdurado por tanto tempo que parecia já ter se convertido em seu modo de vida natural. Nesse sentido, me parece que a eloquência teve uma antiga origem, e que depois se desenvolveu para se alçar às mais altas utilidades dos homens nos episódios de paz e de guerra.*

O expositor

1. Nessa parte, Túlio diz que a sabedoria não teria realizado por si só aquilo que ela fez em companhia da eloquência; o argumento central é que, assim como foi dito antes, os homens foram reunidos e instruídos a — juntos — fazer o

bem e amar uns aos outros, tendo construído cidades e vilas; depois disso feito, aprenderam a ter fé. 2. Com essas palavras, eu entendo que aqueles que têm fé não enganam os outros e não querem que haja desentendimentos ou discórdias nas cidades, pacificando-as caso surjam. Fé, como diz um sábio, é a esperança no que foi prometido;[38] em termos legais, fé é aquilo que alguém promete e outro espera. Mas o próprio Túlio diz no livro *Dos deveres* que a fé é o fundamento da justiça, a verdade no falar e a consistência das promessas;[39] essa virtude é chamada de lealdade. 3. Em suma, Túlio louva a eloquência unida à sabedoria, pois sem isso não teria sido possível realizar coisas grandíssimas; e fala de todo o bem realizado na guerra e na paz.[40] Com essas palavras, entendo que todos os eventos das comunas e das pessoas individualmente ocorrem em dois estados, de paz ou de guerra; e nas duas situações é necessário que nossa retórica prevaleça, pois sem ela ambos não poderiam se manter.

Túlio
9. *Mas depois que os homens adquiriram um copioso falar, usaram e aplicaram todo seu engenho para a maldade parodiando virtudes sem um princípio moral, de forma que as cidades se degeneraram e os homens se incluíram nesse estrago.* [cap. III] *Assim, depois de termos dito como começou o bem, contemos como começou o mal.*

[38] Cf. Bíblia, *Epístola aos Hebreus* 11,1. E cf. Dante Alighieri, *Paraíso* XXIV 64.

[39] Cf. Cícero, *De officiis* I vii 23.

[40] Como observa Stefania D'Agata D'Ottavi (tradução de *La Rettorica, op. cit.*, pp. 118-9), as definições de fé — feitas por São Paulo no plano teórico e por Cícero no plano ético-social — são usadas por Brunetto com o propósito de estabelecer uma base firme para a relação entre a retórica e o governo das comunas.

Brunetto Latini

O expositor

1. Após ter falado sobre os bens surgidos com a eloquência, nessa parte Túlio fala sobre os males que surgiram a partir dela, sem a sabedoria; mas como sua intenção principal é louvá-la, ele atribui o mal àqueles que dela fazem mau uso, e não à própria eloquência. 2. A esse respeito, o argumento central é que houve homens insensatos e sem discernimento que se aplicaram apenas ao falar e negligenciaram a busca pela sabedoria. Isso porque eles viam que outros eram honrados e tidos em alta estima pela fala articulada segundo os preceitos dessa arte. Assim, se tornaram tão copiosos na oratória que, pelo farto discurso desprovido de sensatez, começaram a provocar revoltas e destruições nas cidades e comunas, corrompendo a vida dos homens. Isso acontecia porque tais homens tinham o aspecto e a aparência da sabedoria, da qual eram completamente despidos e privados. 3. Victorino diz que, quando desacompanhada, a eloquência é chamada de "a aparência", porque faz parecer que há sabedoria naqueles em que ela não reside.[41] São pessoas que, para obter honras e benefícios públicos, falam sem o sentimento do bem; assim, perturbam as cidades e manipulam as pessoas em direção às más práticas. 4. Depois, Túlio diz já ter narrado o início do bem, isto é, dos bens realizados pela eloquência, sendo conveniente dar conta da origem do mal que a isso se seguiu. E o faz, no texto, deste modo:

Túlio trata da origem do mal derivado da eloquência
10. *A mim, parece muito verossímil que, em algum tempo, os homens de pouca eloquência ou de menor sabedoria não tinham o costume de tomar parte em questões públicas;*

[41] Cf. Victorino, *Explanationum in Rethoricam*, *op. cit.*, p. 167.

e que os grandes oradores e sábios homens também não to-
mavam parte em questões particulares. Como os homens
mais importantes decidiam sobre as coisas mais relevantes,
acredito que houve outros homens, hábeis e sagazes, que se
deram a tratar das pequenas controvérsias particulares en-
tres as pessoas; nessas, eles se valiam firmemente e com fre-
quência da mentira, contra a verdade, de modo que o uso rei-
terado da palavra os nutriu de audácia.[42]

11. *Desse modo, para defender os cidadãos da injúria,*
foi indispensável que os maiores oradores se opusessem àque-
les audazes e que cada um defendesse seus interesses. Assim,
como muitas vezes quem tinha feito uso de uma eloquência
desprovida de sabedoria parecia ser igual ou até mesmo su-
perior àquele que possuía a eloquência unida à sabedoria,
acontecia de aqueles que eram apenas eloquentes e não sá-
bios parecerem, na opinião da maioria e deles mesmos, dig-
nos de reger as coisas públicas.

12. *Não sem motivos, enormes e miseráveis desastres*
ocorriam com muita frequência, pois homens insensatos, au-
dazes e inconvenientes chegaram ao comando das comuni-
dades. Por esse motivo, a eloquência caiu em tanto ódio e
tanta inveja que os homens do mais alto engenho se recolhe-
ram para outros calmos estudos — como que para escapar
em um porto seguro de uma conturbada tempestade —, fu-
gindo da vida tumultuosa e cheia de discórdias. Como con-
sequência dessa retirada, foram exaltados outros íntegros e
honrados estudos que já vinham sendo objeto de bastante
atenção. 13. *Mas o estudo da retórica foi abandonado por*
quase todos eles, voltando ao nada justamente quando deve-

---

[42] Sobre a presença dessa "voz mercenária", desses "advogados de
pequenas causas" que reduziam a oratória imperial ao contexto judiciário, cf. Cícero, *De oratore* I 198; Quintiliano, *Institutio oratoria* XII 1, 25;
e Tácito, *Dialogus de oratoribus* 1.

Brunetto Latini

ria se manter com mais força e se desenvolver com mais anseio. Porque, quando a presunção e a audácia dos insensatos inconvenientes mais indignamente ultrajavam e danificavam as práticas honestas e íntegras — com grave e pesado dano ao bem comum —, mais adequado era contrastá-los e aconselhar a comunidade. [cap. IV] Isso não fugiu a nosso Catão⁴³ e nem a Lélio,⁴⁴ nem — para dizer a verdade — ao discípulo deles, Africano,⁴⁵ nem aos Gracos,⁴⁶ netos do Africano, homens de acrescida autoridade por sua virtude soberana; assim, a eloquência deles era um grande prestígio a si mesmos e uma ajuda à defesa da comunidade.

O expositor

1. Nesta parte, Túlio identifica como se deram dois males, o de conturbar o bom estado das cidades e o de corrom-

---

[43] Marcos Pórcio Catão (234-149 a.C.), chamado de "o Censor" e "Maior" em distinção a outro famoso Catão, "o Uticense". Como ótimo orador, teve sua obra elogiada por Cícero em *Brutus* 65-9 [17-8]. O expediente de apresentar uma lista com célebres cidadãos será retomado por Dante (*Convívio* IV v 10), cuja invocação ecoará a de Cícero justamente pela figura de um Catão, que exerceu o bem baseado em um princípio maior: aqui, o comum; no *Convívio*, será o "Uticense" a preparar Roma para o império de Augusto, sob o qual nasceria o Cristo.

[44] Caio Lélio (m. 160 a.C.) é o interlocutor no diálogo ciceroniano *Cato maior*, sendo descrito como um homem de vasta cultura filosófica e literária, além de possuir uma grande eloquência. A ele é dedicado outro tratado de Cícero, *De amicitia* (*Sobre a amizade*).

[45] Públio Cornélio Cipião Emiliano (185-129 a.C.), que assume a alcunha de "o Africano" a exemplo de seu avô adotivo. Tido por Cícero (*De amicitia* 96) como aquele que, pela majestade de seus discursos, foi reconhecido como guia do povo romano. E cf. Cícero, *De oratore* III 28, *Brutus* 84 [21].

[46] Os irmãos Tibério (162-133 a.C.) e Caio (154-121 a.C.) Graco foram lembrados outras vezes por Cícero devido ao valor de sua oratória. Cf. *Brutus* 103 ss. [27], *De oratore* I 38.

per a boa vida e os costumes dos homens. E mesmo que seu texto seja trazido em palavras tão planas e de fácil entendimento, o expositor dirá algumas outras para maior clareza. 2. O argumento central é que a eloquência elevou os oradores sábios e guarnecidos de sensatez a tão alta estima que as cidades, os bens comuns e as coisas públicas eram regidas por seus conselhos. Eles tinham poderes, deveres e honras, mas não se intrometiam em questões particulares, isto é, nos fatos individuais dos homens, nem nos trabalhos ou em outras pequenas coisas. Havia também outros dois tipos de homens, os que não eram tão falantes e os que não tinham sabedoria, mas eram muito faladores e barulhentos; esses não se ocupavam com coisas públicas, como governos, deveres ou grandes coisas da comuna, mas se davam a tratar dos pequenos assuntos particulares, isto é, das pessoas individualmente. 3. Entre esses, houve homens hábeis e sagazes que, pela fraude e pela malícia que neles reinava, aparentavam ter sabedoria; eles se deram tanto a falar que, pelo falatório e pelo rumor sobre as atividades particulares das pessoas, se revestiram de ousadia e tiveram a audácia de tagarelar como se fossem eloquentes, tanto e de forma tão má que mantinham firmemente contra a verdade a mentira e a falácia. 4. Por isso, pelos grandes males que disso provinham, foi necessário que os maiores — ou seja, os sábios oradores responsáveis pelas maiores tarefas — interviessem e se inclinassem a tratar dos pequenos assuntos das pessoas particulares, para defender seus amigos e para se opor aos audazes. Mas note-se que há dois tipos de audazes: os que se atrevem a realizar grandes coisas guiados pela razão, que são os sábios; e os que se atrevem a fazer grandes coisas sem a previdência da razão, que são os audazes e insensatos. 5. Desse modo, os bons e sábios falavam com justiça, mas os audazes e insensatos — que haviam se dedicado apenas à eloquência, e não à sabedoria — gritavam e, com vozes fortes, falavam com arrogância, não tendo vergonha de mentir e de dizer claros absurdos; por isso, frequentemente pareciam iguais na sensatez e no falar, e às vezes até melhores que os sábios. Assim, pela opinião do povo (que é vã por não ser movida pela razão) e pela opinião de si mesmos (que não vale nada), pareciam ser dignos de governar as coisas públicas e de maior relevância, tendo sido declarados responsáveis pelas cidades, pelos deveres e por receber as honras comuns. 6. Depois disso ter acontecido, não houve estupor no fato de as cidades terem sido assoladas por enormes e miseráveis tempestades. Note-se que diz "enormes" pela quantidade e pela longa duração; "miseráveis" pela qualidade,[47] pois eram penosas, perigosas e pessoas morriam; e "tempestades" pela semelhança, porque assim como um navio se aventura no mar e, às vezes, se depara com ondas tão grandes que o fazem perecer,[48] o mesmo acontece à cidade pelo aumento das discórdias, que a fazem perecer e sofrer destruição. 7. "Por esse motivo, a eloquência caiu em tanto ódio e tanta inveja..." Note-se que o ódio não é senão

[47] Sendo "qualidade" e "quantidade" categorias aristotélicas, Stefania D'Agata D'Ottavi (tradução de *La Rettorica*, *op. cit.*, p. 119) destaca a sólida formação filosófica de Brunetto a transparecer no trecho de Cícero traduzido e analisado pelo florentino. Expoente de uma cultura citadina que tem presente o pensamento de Aristóteles, Brunetto teria sido capaz de compreender — como Guido Cavalcanti na poesia e Taddeo Alderotti na medicina — tal pensamento antes mesmo de o primeiro professor, Gentilis de Cingulo, ter emigrado de Paris em 1295 para ministrar aulas de filosofia aristotélica no *Studium* de Bolonha. Sobre a afirmação do pensamento aristotélico naquela Universidade, cf. Sonia Gentili, "La filosofia dal latino al volgare", in Carla Casagrande e Gianfranco Fioravanti, *La filosofia in Italia al tempo di Dante*, Bolonha, Il Mulino, 2016, pp. 191-224.

[48] Francesco Maggini observa que todos os códices da *Retórica* trazem a lição incompleta *crescono* ("aumentam"), acreditando na hipótese de que o sujeito da frase se perdeu: "os ventos", "as ondas", ou até mesmo "as fortunas" seriam algumas das possibilidades. Uma vez que não existe o autógrafo de Brunetto, o editor acredita existirem provas de que as duas famílias de códices remetem a um mesmo exemplar já corrompido.

a ira envelhecida, tendo os bons sábios permanecido por muito tempo irados ao verem os audazes e insensatos no comando das cidades. E a inveja é uma inquietação do homem pelo bem alheio;[49] tendo os bons sábios sofrido muita inquietação por verem quem eram aqueles que comandavam as maiores coisas e que recebiam as honras. 8. Por isso, os bons e de mais alto engenho se afastaram daquelas coisas em direção a estudos mais calmos, escapando da vida tumultuosa para um porto seguro. Note-se que onde diz "mais alto engenho" demonstra que eles podiam e sabiam se contrapor aos audazes e insensatos, e por não o terem feito deveriam ter sido repreendidos. Onde diz "calmos estudos", entendo os outros conhecimentos da filosofia, como por exemplo tratar da natureza das coisas divinas e das coisas terrenas; ou a ética, que trata das virtudes e dos costumes. Ele os chama de "calmos estudos" por não envolverem o falar em público, podendo os sábios permanecer longe dos rumores da população. E chama de "vida tumultuosa" porque nas cidades, com muita frequência, um homem atacava outro com armas e o matava. 9. Depois que os sábios abandonaram o estudo da eloquência, ela voltou ao nada, sem ser cuidada ou prestigiada. Mas os outros conhecimentos da filosofia aos quais eles se dedicaram se revestiram de grande honra. 10. Túlio, então, repreende esses sábios, dizendo que fizeram isso no tempo em que a eloquência mais precisava deles, pelo mal que os audazes e insensatos causavam às cidades; com isso, trouxeram prejuízos à eloquência, a coisa mais honesta e íntegra e a mais pertinente às coisas honestas e íntegras. 11. Mas nosso Catão não se eximiu, nem aqueles outros sábios

[49] A definição está presente em vários textos que circulavam à época, apesar de não ser claro se a fonte é direta ou, mais uma vez, por meio dos *Moralium dogma philosophorum*: cf. Aristóteles, *Retórica* 1386b 15; Ovídio, *Metamorfoses* II 778-82; Gregório Magno, *Moralia in Iob* V xlvi 84.

Brunetto Latini

que, além de amar de forma honesta o bem comum, tinham sensatez e sabiam se expressar; pelo contrário, eles permaneceram firmes para aconselhar e defender o bem comum contra os arrogantes, audazes e insensatos; por isso, foram revestidos de tão grande honra e estima que suas palavras eram tidas como máximas; e assim Túlio diz que detinham autoridade, pois essa é uma dignidade que merece honra e temor. 12. Mas o tratado, então, disso se afasta e volta para concluir — por razões úteis, honestas, possíveis e necessárias — que devemos nos dedicar à eloquência e louvá-la de muitas maneiras.

Túlio conclui que a retórica deve ser estudada

14. Sendo assim, pelo meu ânimo, mesmo que algumas pessoas façam mau uso da eloquência nos assuntos públicos e privados, seu estudo não deve ser menos considerado; pelo contrário, deve ser reforçado a ponto de os maliciosos não terem mais o poder de prejudicar os bons e de arruinar a todos em geral. Principalmente, porque é verdade o fato de a retórica ser muito apropriada a todos os assuntos, tanto públicos como privados, e por ela a vida se torna segura, honesta, esplêndida e alegre. A partir da retórica se originam muitas vantagens à comunidade, mas apenas se estiver também presente a sabedoria como moderadora de todas as coisas; para aqueles que a adquirem, são abundantes a glória, a honra e a dignidade e, com ela, a defesa dos amigos está garantida e certa.

O expositor

1. O argumento central desse trecho é: Túlio diz que, pelo seu ânimo (isto é, de acordo com sua opinião), mesmo que algumas pessoas de má-fé usem a eloquência de modo errôneo, isso não quer dizer que o homem não deva se dedicar à eloquência para que os maus não tenham o poder de preju-

dicar os bons e, com isso, provocar a ruína de todos. Note-se que aqueles que costumavam ser bem estimados e ricos estão destruídos, encontrando-se agora em tamanha miséria que até mendigam. 2. Depois ele fala das glórias da retórica, como cabe à comuna e ao indivíduo, de como o homem se torna seguro por ela — isto é, como pode tratar das causas com segurança — e como raramente encontrará[50] quem o saiba contrapor. Ele diz que a vida se torna "nobre", isto é, quando o indivíduo é louvado entre aqueles que o conhecem; e "ilustre", quando é louvado entre os estranhos; e chama de "alegre" a vida prazerosa, pois os sábios oradores são muito apreciados entre si e pelos outros. 3. Ele diz que a eloquência provoca o mesmo intenso bem às comunidades, sob a condição de que a sabedoria a esteja acompanhando; e que a sabedoria é a moderadora de todas os assuntos, pois ela consegue prever e dispor todas as coisas de um determinado modo e com um determinado fim. 4. Depois, Túlio diz que aqueles que possuem a eloquência unida à sabedoria são louvados, temidos e amados; e que seus amigos podem contar com uma ajuda segura, porque raramente haverá quem os saiba contrapor, já que podem falar com sensatez. E diz "garantida" porque o homem bom e sábio não se deixa corromper por amor, por dinheiro, ou por algo do tipo. Mas aqui o tratado se desvia e faz uma última conclusão, deste modo:

Túlio conclui, em suma

15. E me parece que os homens, que em muitas coisas são inferiores e mais fracos que os animais, são superiores

---

[50] O editor crítico Francesco Maggini assume *troverai* ("encontrarás") como uma *lectio difficilior*, ou seja, a variante do texto manuscrito representada por um vocábulo mais raro ou difícil. Tal escolha é feita pela maior probabilidade de atestar a lição exata, uma vez que pode ter sido substituída, durante o ato de copiar, por uma expressão mais óbvia e banal, isto é, uma *lectio facilior*.

pela capacidade de falar; desse modo, me parece que conquista uma posição de nobreza e elevação aquele que ultrapassa os outros justamente naquilo que faz os homens superiores aos animais.

O expositor

1. O argumento desse trecho é o seguinte: é verdade que os homens são menores e mais fracos que os animais para muitas coisas, sendo o elefante e vários outros animais sabidamente maiores de corpo em relação ao homem; o leão e vários outros bichos são certamente mais fortes em composição; além disso, os animais são certamente superiores ao homem em todos os cinco sentidos. Sem dúvida, os porcos selvagens são superiores ao homem no ouvir, os linces no ver, os macacos no paladar, os abutres no farejar, e as aranhas no tocar. 2. Mas, por saber falar, os homens se distinguem de todos os outros bichos e animais. Por isso, aquele que se apropria da coisa soberana entre todas as outras se sobressai aos semelhantes por falar bem.[51]

Túlio fala daquilo de que tratará

16. *Não se adquire uma coisa suprema como a eloquência apenas pela natureza e nem somente pelo uso, mas também pelos ensinamentos da arte. Portanto, é adequado considerar o que dizem aqueles que deixaram preceitos sobre a retórica. Mas antes de dizermos quais são esses preceitos, parece oportuno tratar de seu gênero, de seu dever, de sua finalidade, de sua matéria e de suas partes. Assim, uma vez sabidas e conhecidas tais coisas, o ânimo de cada um poderá observar a razão e o método da arte de modo mais fácil e rápido.*

[51] Cf. Aristóteles, *Política* 1252a 1-5.

O expositor

1. Depois de louvar a retórica e se dedicar a elogiá-la de diversas maneiras, Túlio recomeça seu texto para falar daquilo de que tratará no livro. Mas, antes, ele dá algumas belas demonstrações, para que o ânimo de todos esteja mais preparado a entender aquilo que virá; assim, põe fim a seu prólogo e vem ao cerne, deste modo:

Túlio terminou o prólogo e começa a falar sobre a eloquência

17. [cap. V] *Há um conhecimento urbano que compreende coisas diversas e grandiosas, entre as quais a artificiosa eloquência ocupa uma parte grande e extensa, sendo chamada de retórica.*[52] *E para dizer a verdade, não concordamos com aqueles que acreditam que a ciência civil prescinda da eloquência, e muito discordamos daqueles que pensam que ela esteja totalmente presente na força e na arte do orador. Por esse motivo, colocaremos a arte da retórica naquele gênero que classificamos como parte da ciência civil, isto é, da ciência das cidades.*[53]

O expositor

1. Nesta parte do texto, Túlio prossegue demonstrando ordenadamente aquilo que ele havia prometido no fim do prólogo. Em primeiro lugar, ele começa dizendo o gênero dessa arte; mas antes que o expositor siga adiante, deve-se explicar o que é gênero, de modo que as outras palavras sejam mais bem entendidas. 2. Quase todas as coisas ou são gerais — de forma que compreendem muitas outras coisas — ou

[52] Cf. Cícero, *De oratore* I 20; Quintiliano, *Institutio oratoria* II 15 ss.

[53] Cf. Quintiliano, *Institutio oratoria* II 15 33, em que o orador ressalta que dizer "ciência civil" é o mesmo que dizer "sabedoria".

Brunetto Latini

são parte daquela geral. Assim, a palavra "homem" é geral porque compreende muitos indivíduos — como Pedro, João etc. — mas a palavra Pedro é uma parte. De forma semelhante, falando mais claramente,[54] pode-se entender gênero como em uma linhagem; pois quem se refere a "Tosinghi" abrange todos da família, mas quem se refere a "Davizzo" abrange apenas uma parte, ou seja, apenas um homem daquela linhagem.[55] 3. Por isso, Túlio fala sob qual gênero a retórica está compreendida, de forma a mostrar melhor seu fundamento e sua natureza. Ele diz que o conhecimento urbano — ou seja, a vida e o regimento da comuna, bem como das pessoas individualmente — requer coisas diversas e grandiosas de dois modos: com atos e com palavras. 4. Com atos, o conhecimento urbano está na arte dos ferreiros, dos costureiros, dos tecelões e nas outras técnicas realizadas com o uso das mãos e dos pés. Com palavras, está na retórica e nas outras ciências do falar; nesse sentido, a ciência de governar cidades é uma coisa geral sob a qual está compreendida a retórica, isto é, a arte de falar bem. 5. Mas, considerando que a ciência civil faz parte de outra coisa muito geral que é a filosofia, antes que o expositor siga adiante é necessário falar sobre ela, para provar a nobreza e a superioridade da ciência de governar. Feito isso, prova-se a superioridade da retórica.

[54] Em Brunetto, *per dire più in volgare* ("falando mais em vulgar") que, mais uma vez, salienta sua consciência do processo que realiza. E cf. *Retórica* 1.

[55] Tem-se a notícia de que um Davizzo do ramo dos Tosinghi foi cônsul em Florença em 1199, cargo também ocupado por Brunetto, em 1275, quando representou a guilda dos juízes e dos notários. Cf. A. D'Addario, "Tosinghi", in *Enciclopedia Dantesca*, Roma, Istituto dell'Enciclopedia Italiana, 1970. É frágil, contudo, a correspondência entre tal menção e o nome do amigo que teria recebido Brunetto na França, pois não há maiores elementos que comprovem essa ligação.

6. A filosofia é uma coisa soberana que compreende abaixo de si todas as ciências; trata-se de um nome composto por outros dois nomes gregos: o primeiro é *phylos*, que significa "amor", e o segundo é *sophya*, que significa "sabedoria", de modo que "filosofia" significa "amor pela sabedoria".[56] Por isso, ninguém pode ser filósofo se não ama a sabedoria a ponto de renunciar a todas as outras coisas e dedicar todo o estudo e trabalho para possuir uma completa sabedoria. Por isso, um sábio a definiu como "a indagação das coisas naturais e o conhecimento das matérias humanas e divinas, na medida em que é possível ao homem interpretá-las".[57] Outro sábio diz que, além de significar "conduzir a vida com honestidade", a filosofia é "a dedicação ao viver virtuosamente, a lembrança da morte e o desprezo pelo mundano". 7. Saiba-se que definir uma coisa é dizer aquilo que ela é usando palavras que não convenham a outra coisa; e que, se você as inverte, elas continuam significando a mesma coisa de antes. Para esclarecer, tome-se o exemplo da definição de homem: "O homem é um animal racional mortal".[58] Essas palavras são tão convenientes ao homem que não se pode entender de outra forma, pois não há razão em quadrúpedes, pássaros ou peixes; e se você inverte as palavras, perguntando "qual é o animal racional e mortal?", certamente não será possível responder outra coisa senão "o homem". 8. Mas a verdade é que, em tempos antigos, foram colocadas

[56] Cf. Isidoro de Sevilha, *Etimologiae* II xxiv 9. Dante Alighieri ecoará a mesma definição em seu *Convívio* (III xi 5), seja por contato direto com Isidoro ou por intermédio da menção feita por Brunetto. O *tópos* é retomado também no século seguinte, como por Lorenzo Valla logo no primeiro parágrafo de suas *Disputas dialéticas*.

[57] Cf. Agostinho, *De Civitate Dei* VIII 2; Isidoro de Sevilha, *Etimologiae* VIII vi 1.

[58] Cf. Isidoro de Sevilha, *Etimologiae* II xxv 3.

três questões sobre as quais pairavam dúvidas devido à inépcia dos homens; com motivos, pois em torno delas giram todas as ciências. A primeira questão era sobre o que o homem deveria fazer e o que deveria evitar. A segunda era sobre a razão de se fazer uma coisa e não outra. A terceira era como conhecer a natureza de todas as coisas que existem. E como as questões eram três, foi necessário que os sábios filósofos dividissem a filosofia em três áreas,[59] isto é, teórica, prática e lógica, assim como demonstra a árvore:[60]

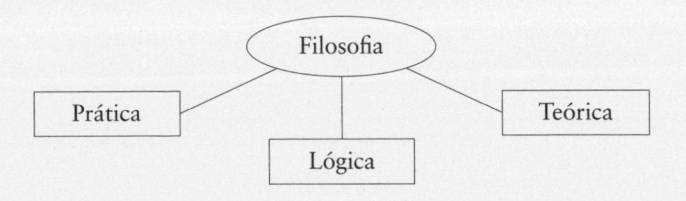

9. A primeira dessas áreas, a prática, é para demonstrar o que o homem deve e o que não deve fazer. A segunda, a lógica, é para demonstrar por que razão deveria fazer uma coisa e não outra. 10. A lógica, possui três partes: a dialética, a epidíctica,[61] e a sofística. A dialética trata do questionar e do

[59] De acordo com Francesco Maggini (*La "Rettorica" italiana di Brunetto Latini, op. cit.*, p. 66), as divisões que Brunetto apresenta ao longo dos próximos capítulos retomam aquelas já presentes nos *Moralium dogma philosophorum*. As diferenças fundamentais consistem no fato de que, naquele tratado, a lógica é dividida de acordo com o modelo tradicional (gramática, dialética e retórica), e a política não possui divisões.

[60] A presença desse tipo de diagrama ao longo dos comentários de Brunetto reforça a interpretação de que a obra se apresentava na forma de um livro de estudo. Cf. Elisa Guadagnini, "'Secondo la forma del libro': note sulla tradizione manoscritta della *Rettorica* di Brunetto Latini", *op. cit.*, pp. 362, 366-7.

[61] Em Brunetto, *efidica*. Considerando que o autor tenha seguido a tripartição de Boécio na divisão da Lógica (cf. *In topica Ciceronis*, I i, cap. 1, cf. Francesco Maggini (*La "Rettorica" italiana di Brunetto Latini, op. cit.*, pp. 66-7) acredita que a origem de tal palavra remeta ao próprio

debater entre duas pessoas; a epidíctica ensina a demonstrar com argumentos verdadeiros o que ambas as partes disseram; a sofística também ensina isso, mas com argumentos falsos e provas fraudulentas. Essa divisão aparece na árvore:

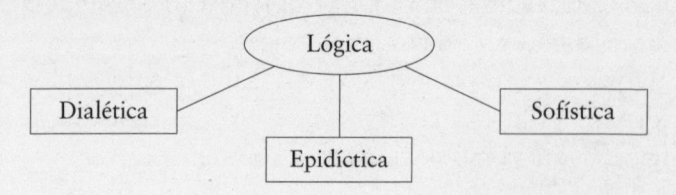

11. A terceira ciência, a teórica, é para demonstrar as naturezas — que são três — de todas as coisas que existem; por esse motivo, é necessário que a teórica seja dividida em três, isto é, em teologia, física e matemática, assim como demonstra a árvore:

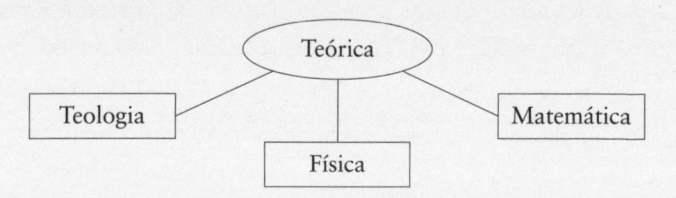

12. A primeira dessas três ciências, a teologia — também chamada de divindade — trata da natureza das coisas incorpóreas que não se comunicam com as corpóreas, como Deus e as matérias divinas. A segunda ciência, a física, trata da natureza das coisas corpóreas, como os animais e as outras coisas que possuem corpo. A arte da medicina foi trazida dessa ciência; pois, estando conhecida a natureza dos homens e dos animais, assim como de seus alimentos, das ervas e de outras coisas, os sábios podiam discorrer sobre a saúde

Brunetto, ou a outro comentador não identificado, pois Boécio apresenta a divisão com uma pequena diferença, isto é: *dialectica*, *demonstratio* e *sophistica*.

Brunetto Latini

e tratar das doenças. A terceira ciência, a matemática, trata das naturezas das coisas incorpóreas que envolvem os corpos; essas naturezas são quatro e, por isso, convém que a matemática seja dividida em outras quatro ciências: a aritmética, a música, a geometria e a astronomia,[62] como aparece na árvore:

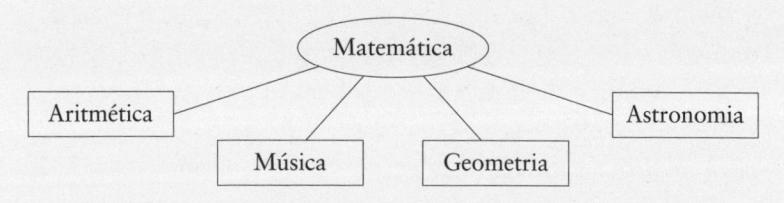

13. A primeira delas, a aritmética, trata das contas e dos números, seja com o ábaco ou de modo mais aprofundado. A segunda, a música, trata das concordâncias entre vozes e sons. A terceira, a geometria, trata das medidas e das proporções. A quarta ciência, a astronomia, trata da disposição do céu e das estrelas.

14. Agora, a atenção do expositor deste livro volta à primeira parte da filosofia (sobre a qual havia calado) e dirá mais sobre a ciência prática, o que servirá para falar da gloriosa retórica. Como já foi dito antes, a prática é a ciência que demonstra, de três maneiras, o que se deve e o que não se deve fazer, sendo conveniente dividi-la em três: a ciência ética, a econômica e a política, como mostra a figura da árvore:

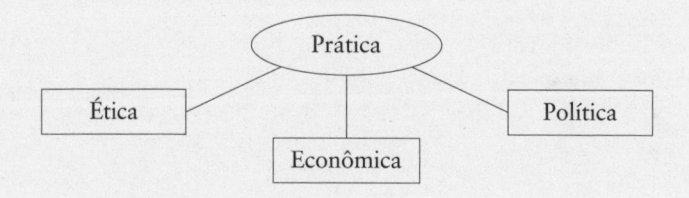

[62] As artes do *quadrivium*. Cf. *Retórica* 17, 19 (nota).

15. A primeira dessas, a ética, é o ensinamento do viver virtuosamente e com bons costumes, o que traz o conhecimento das coisas justas e úteis, bem como de seus contrários. Isso é feito pela observação de quatro virtudes, que são a prudência, a justiça, a fortaleza e a temperança, assim como pelo distanciamento dos vícios, que são a soberba, a inveja, a ira, a avareza, a gula e a luxúria.[63] Desse modo, a ética demonstra o que deve ser mantido e o que deve ser evitado para que vivamos de modo virtuoso. 16. A segunda ciência, a econômica, ensina o que devemos e o que não devemos fazer para governar nossos bens e conduzir nossa família. 17. A terceira ciência, a política, ensina a formar, manter e conduzir as cidades e as comunidades. E, assim como ficou antes demonstrado, ela se dá de duas formas, com atos e com palavras, como se vê na árvore:

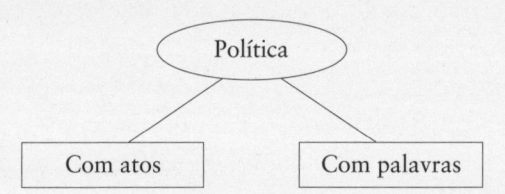

18. A com atos se dá pelas habilidades e técnicas realizadas na cidade, como a dos ferreiros, dos tecelões e de outros artesões sem os quais uma cidade não poderia viver. A que se dá com palavras é a ciência que faz uso apenas da língua, e nessa estão contidas três ciências, que são a gramática, a dialética e a retórica, assim como demonstra esta outra árvore:

[63] Entre os pecados capitais, que na tradição teológica cristã são considerados como o início e causa de inumeráveis outros erros da conduta do homem, Brunetto não inclui a acédia.

19. Isso é tão verdade que o expositor afirma ser a gramática a entrada e o fundamento de todas as artes liberais,[64] aquela que ensina a falar e a escrever corretamente, com palavras adequadas e sem barbarismos ou solecismos.[65] Portanto, sem a gramática, ninguém poderia falar ou ditar muito bem. A segunda ciência é a dialética, que comprova o que foi dito com argumentos que lhe dão fé. Sem dúvidas, quem pretende falar e escrever bem precisa demonstrar capacidade para comprovar o que diz, a ponto de convencer os ouvintes e fazê-los confirmar o que ouviram. A terceira ciência é a retórica, que encontra e enfeita as palavras adequadas à matéria, o que faz com que o ouvinte se aquiete, acredite, se contente e se incline a desejar aquilo que foi dito. 20. Nesse sentido, as três ciências são necessárias ao falar e ao ditar; sem elas não haveria nada, pois quem fala e dita deve fazer isso de modo correto e com palavras adequadas para ser compreendido, o que compete à gramática; suas palavras devem provar e demonstrar o juízo, o que compete à dialética; por fim, deve organizar e enfeitar sua fala, para que o ouvinte acredite, fique contente e faça exatamente o que se espera,

[64] Típica divisão dos estudos teóricos medievais, as artes liberais se caracterizavam pelo uso predominante do intelecto, em contraposição às *artes mechanicae*, em que prevaleciam os trabalhos manuais. As liberais eram divididas entre aquelas do *trivium* (gramática, dialética e retórica) e as do *quadrivium* (aritmética, geometria, astronomia e música).

[65] Cf. [Pseudo-Cícero] *Retórica a Herênio* IV 12 (17).

o que compete à retórica. 21. Agora, para o governo das cidades, diz o expositor que a ciência política feita com palavras se divide em outras duas: com ou sem desentendimentos. A com desentendimentos é aquela que se dá com perguntas e respostas, como a dialética, a retórica e a lei. A sem desentendimentos também se dá com perguntas e respostas, mas é construída para mostrar às pessoas os ensinamentos e o caminho para se fazer o bem; assim foram compostas as obras dos poetas que deixaram escritas antigas histórias, grandes batalhas e outros acontecimentos que moveram os ânimos a fazer apenas o bem. 22. Além disso, a ciência política feita com desentendimentos se dá de duas maneiras, uma artificiosa e outra não. Artificiosa é aquela na qual o orador, que bem conhece a natureza e o estado da matéria, acrescenta a ela argumentos conforme a necessidade, como se dá na dialética e na retórica. A não artificiosa é aquela na qual argumentos são colocados apenas pela autoridade; como a lei, sobre a qual não é posta nenhuma razão ou prova, mas unicamente a autoridade do imperador que a fez. Sobre a não artificiosa, Boécio diz na *Tópica* que ela se dá sem qualquer elaboração intelectual.[66] 23. Por fim, Túlio conclui dizendo que a retórica é parte da ciência citadina. Mas Victorino, comentando tais palavras, diz que a retórica é a maior parte da ciência citadina; ele diz "maior" pelo seu grande efeito, pois certamente com a retórica nós podemos mover todo o povo, todo o conselho, o pai contra o filho, o amigo contra o amigo, para depois conduzi-los à paz e à benevolência.[67] Falou-se, então, do gênero; agora Túlio falará do dever e da finalidade da retórica.

---

[66] Cf. Boécio, *De topicis differentiis* (P.L. 64, col. 1199).

[67] Cf. Victorino, *Explanationum in Rethoricam*, *op. cit.*, pp. 171-2.

Túlio fala qual é o dever dessa arte

18. *Parece que o dever dessa arte é falar adequadamente para convencer, e a finalidade é convencer pela palavra. Entre o dever e a finalidade há uma diferença: no dever, é considerado o que convém à finalidade; na finalidade, é considerado o que convém ao dever. Assim, como dizemos que o dever do médico é cuidar adequadamente para sanar um mal e sua finalidade é saná-lo com medicamentos, entenderemos aquilo que chamamos de dever e de finalidade da retórica, dizendo: dever é aquilo que o orador deve fazer; finalidade é aquilo por cujo motivo ele fala.*

O expositor

1. Nessa parte, Túlio fala sobre o dever e a finalidade da arte; e como o texto é muito claro, o expositor passará por ele brevemente. Ele deu tal definição: dever é falar adequadamente para convencer. Note-se que diz "adequadamente", isto é, de modo a ornamentar as palavras de boas sentenças pronunciadas segundo o que comanda a arte; e diz isso para distinguir o falar do orador do falar dos gramáticos, que não se preocupam em ornamentar as palavras. Diz "para convencer", isto é, falar de modo tão conveniente que o ouvinte acredita naquilo que é dito. E diz isso para distinguir o falar dos poetas, que se preocupam mais em proferir belas palavras do que em convencer. 2. A outra definição é da finalidade, que ele diz ser o convencimento por palavras. Certamente, quem considera a verdade nessa arte verá que todo o propósito do orador é convencer o ouvinte com seu discurso. Portanto, convencer é a finalidade; porque, depois de o homem ter acreditado, aquilo que foi dito imediatamente se revolve em seu ânimo, levando-o a querer e a fazer o que o orador intenciona. 3. Mas Boécio, no quarto livro da *Tópica*, afirma que essa arte possui uma dupla finalidade, uma que

diz respeito ao orador e outra ao ouvinte.[68] O orador sempre deseja a finalidade em si mesma, isto é, falar bem e ser reconhecido por tê-lo feito. Já o ouvinte espera saber que o orador intenciona persuadi-lo; e essa finalidade não é tão desejada pelo orador como a anterior. 4. E para mostrar bem o dever, a finalidade e quais são as diferenças entre eles, Túlio diz que dever é aquilo que o orador deve aplicar em sua fala de acordo com os ensinamentos dessa arte. E finalidade é aquilo cuja causa leva o orador a falar do modo conveniente; mas, certamente, essa causa e essa finalidade não são outras coisas senão convencer daquilo que se diz. Para isso, usa o exemplo do médico, falando que seu dever é medicar de modo a sanar o doente e sua finalidade é sanar o enfermo com determinada medicação. 5. Já foi dito o suficiente sobre o dever e sobre a finalidade da retórica; agora o tratado procederá a falar da matéria.

Da matéria

19. Dizemos que a matéria dessa arte é o que concentra todo o artifício e todo o saber que se adquire por ela. Pois assim como dizemos que as doenças e as feridas são as matérias do médico (uma vez que toda a medicina gira em torno delas), podemos dizer que as coisas sobre as quais a retórica opera e o saber adquirido a partir dela são suas matérias. Alguns concluíram que essas matérias eram numerosas; outros, exíguas. De fato, Górgias de Leontinos[69] que, de cer-

---

[68] Cf. Boécio, *De topicis differentiis* (P.L. 64, col. 1208).

[69] Antigo sofista grego (*c.* 483-*c.* 375 a.C.), famoso por suas obras como o *Elogio de Helena* e a *Defesa de Palamedes*. Em polêmica com sua "arte da persuasão", Platão compôs o diálogo que leva seu nome, texto em que o filósofo grego teria cunhado o termo ῥητορική ("retórica"). Cf. Edward Schiappa, "Did Plato coin rhetorike?", *op. cit.*, pp. 457 ss.

to modo, foi o mais antigo retórico, era da opinião que o orador poderia muito bem falar sobre todas as coisas; e, ao que parece, isso dava a essa arte uma matéria vasta e sem fim. Mas Aristóteles, que forneceu muitos meios de apoio e refinamentos à retórica, sustentou que o ofício do retórico se desenvolve através de três gêneros, que são o demonstrativo, o deliberativo e o judiciário.

O expositor

1. Nesta parte, Túlio diz que a matéria da retórica é a coisa em função da qual seus preceitos foram pensados e estabelecidos; e da qual é posta em prática a ciência que o homem adquire por tais preceitos. Foram estabelecidos desse modo os preceitos da medicina, bem como as ações para as doenças e para as feridas, sendo, portanto, essa a matéria sobre a qual é conveniente falar. Assim, esse é o motivo pelo qual a arte da retórica foi estabelecida, isto é: para ensinar a falar bem, segundo o que a matéria requer, e para convencer o ouvinte. 2. Mas os sábios diferiram sobre isso, e houve muitos que disseram que a matéria pode ser tudo aquilo sobre o que é necessário falar. Se isso fosse verdade, essa arte então não teria fim, o que não pode ser verdade; entre esses estava Górgias de Leontinos, sábio e antiquíssimo retórico. E como Túlio o chama de "o mais antigo", demonstra que não deve ser totalmente acreditado.[70] 3. Mas Aristóteles — que deve ser plenamente acreditado por ter fornecido muitos meios de apoio e refinamentos a essa arte, tendo feito um livro sobre a invenção e outro sobre a elocução — disse que a retórica atua de três maneiras, sendo cada uma delas o gênero de suas

[70] Nesse passo, Brunetto reproduz o ensinamento de Cícero (cf. *Brutus* 69 [18]), que diz que "a antiguidade goza de maior honra em todas as artes, com exceção da arte da elocução".

partes.[71] Esses gêneros são o demonstrativo, o deliberativo e o judiciário, como aparece nesses pequenos círculos:

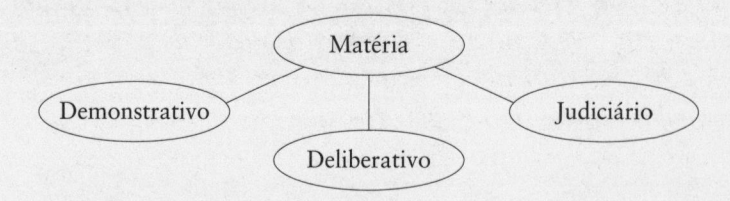

Túlio está de acordo com essa opinião; e a arte da retórica está toda colocada nesses três gêneros. 4. Mas pode ser que, nesse ponto, os mestres façam distinção em relação à fala e ao ditado; pois parece que a matéria do ditado é tão genérica a ponto de uma epístola — isto é, uma carta — poder ser feita sobre praticamente qualquer assunto.[72] Contudo, não se pode falar de modo retórico senão nos três gêneros mencionados, pois Túlio define toda a retórica como um debate oral. Entendo que debate é um discurso feito de muitas palavras intrincadas, em que se pode sustentar tanto uma opinião quanto outra, provando o sim ou o não com elementos, isto é, com propriedades factuais e pessoais. 5. Eis um exemplo que pode ser proposto nesse discurso: "Deve ou não ser banido ao exílio Marco Túlio Cícero, que ordenou a morte de muitos cidadãos romanos diante do povo de Roma no tempo em que a cidade não estava segura?".[73] Há duas possibilidades de resposta para a questão: uma positiva e outra

---

[71] Cf. Aristóteles, *Retórica* 1358a 30 ss.

[72] Como observa Paola Sgrilli ("Tensioni anticlassiche nella *Rettorica* di Brunetto Latini", *op. cit.*, p. 386), Brunetto propõe que sejam abolidas da *ars dictamem* as restrições aos três gêneros impostas por Aristóteles — e seguida por Cícero — à matéria de um discurso retórico. Nesse sentido, configura-se um sistema autônomo em que não é mais a matéria a determinar os procedimentos retóricos, mas a existência de um embate. Cf. *Retórica* 76, 22, e *Tresor* III 4, 2-4.

[73] Cf. Boécio, *De topicis differentiis* (P.L. 64, col. 1177 D).

negativa. A positiva diz que "Cícero deve ser banido por ter feito tal coisa". Já a negativa diz que ele "não deve ser banido, pois seu nome traz boas lembranças, enquanto banimento e exílio significam coisas ruins; e não se deve acreditar que um bom homem faça algo digno de banimento ou de exílio". 6. Já se disse qual é a matéria dessa arte, e Túlio confirma a opinião de Aristóteles. E por ele tê-la confirmado, falará de forma mais completa sobre cada um dos três gêneros; de modo que a matéria, o movimento e a natureza da retórica possam ficar mais claros — através do autor e do expositor — àquele para quem este livro é feito. Mas que se busque compreender tal matéria e conhecer o que se apresenta, pois do contrário não será possível seguir com aquilo que virá mais adiante. Em primeiro lugar, o demonstrativo.

Sobre o demonstrativo
20. Demonstrativo é o que se usa para louvar ou repreender uma determinada pessoa.

O expositor
1. Nessa parte, Túlio diz que são três os gêneros de causas e debates em que uma pessoa afirma e outra nega, abordando inicialmente a causa demonstrativa. Mas o expositor não deixará que se omitam a natureza e a origem de todos os três gêneros, indo além do texto de Túlio; para isso, dirá quem é a pessoa do orador que proclama a causa e qual é seu objeto. 2. A pessoa do orador é a que vem em causa por seus ditos e por seus feitos, e entendo por "seu dito" aquilo que ele disse ou que se acredita razoavelmente que tenha dito, ainda que não tenha dito; do mesmo modo, entendo por "feito" aquilo que ele fez ou que se acredita razoavelmente que tenha feito, ainda que não seja assim. 3. O objeto da causa são ditos ou feitos pelos quais alguém estabelece a controvérsia ou o debate. Veja-se, por exemplo, o que Pompeu diz a

Catilina: "Você está traindo a cidade de Roma"; e Catilina responde: "Não estou". Nessa situação jurídica, Pompeu e Catilina são os oradores. E a causa é: "você está traindo"/ "não estou". Chama-se causa porque um dirige palavras contra o outro, gerando um desentendimento. 4. E para maior clareza, o expositor definirá demonstração, deliberação e julgamento, de modo a tratar sobre cada um dos gêneros de retórica.

Demonstração — 5. Demonstração é um gênero de causa em que o orador demonstra se uma coisa é honrada ou desonrada, indicando o que deve ser louvado e o que deve ser repreendido; a causa demonstrativa é de dois tipos: uma geral e outra individual.[74] 6. A demonstrativa geral é aquela na qual os oradores se esforçam para provar que uma coisa é honrada ou desonrada, sem dar nomes a pessoas determinadas. Dizendo "pessoas determinadas", me refiro a homens, cidades, batalhas, coisas específicas e determinadas entre as pessoas; não me refiro à altura do céu ou ao tamanho do sol e da lua, pois esse tipo de questão não é pertinente à retórica. 7. Tome-se como exemplo de causa demonstrativa geral a frase: "O homem forte deve ser louvado"; mas outra pessoa diz: "Não. Pelo contrário, deve ser repreendido". Disso nasce uma questão, se o forte é digno de louvor ou de repreensão, e por isso é demonstrativa; mas a causa não denomina uma pessoa determinada, e por isso é geral. 8. A causa demonstrativa individual é aquela na qual os oradores querem demonstrar que uma coisa é honrada ou desonrada mencionando determinadas pessoas, deste modo: "Marco Túlio Cícero é digno de louvor"; enquanto outra pessoa diz: "Não é". Disso nasce uma questão sobre o louvor ou sobre a repreensão, compreendendo dois tempos, presente e pretérito.

---

[74] Em Brunetto, *"speciale"* (relativa a toda a espécie) e *"che non si puote partire"* (que não pode ser compartilhada).

Porque, na verdade, o homem é louvado ou repreendido pelo que faz no tempo presente ou nos tempos passados. 9. A respeito disso, as antigas histórias de Roma relatam que era costume tratar da causa demonstrativa no Campo de Marte, onde se reuniam assembleias para enaltecer alguém digno de louvor e honrarias, ou para repreender quem não era digno de tais coisas. Já se falou o suficiente da causa demonstrativa; o mestre agora falará da causa deliberativa.

Sobre o deliberativo
21. Deliberativo é o que cidadãos usam em contendas e debates entre si; implica que uma posição seja manifestada.

O expositor
1. Nessa parte, Túlio diz que a causa deliberativa é aquela adotada para que os cidadãos sustentem suas opiniões e proponham o que pensam; quando há muitas e variadas posições a respeito de um tema, conversam para que se possa, por fim, adotar a melhor. 2. Esse método de discutir é o que seguem todos os dias os comandantes e as autoridades civis,[75] que reúnem os conselheiros para deliberar sobre o que se deve e o que não se deve fazer em relação a determinados acontecimentos; a maioria apresenta sua opinião para que no fim a melhor delas seja adotada. 3. Veja-se o exemplo que um senador propõe: "Deve-se mandar o exército para a Macedônia?".[76] Um responde que sim; outro, que não. Assim, deli-

[75] Em Brunetto, *podestà delle genti*, forma típica de governo comunal italiano, da qual Brunetto traz mais notícias em *Tresor* III 73 ss. Sobre o "caráter inconfundível da civilidade urbana da Itália" daquele tempo, cf. Enrico Artifoni, "Podestà del comune italiano", *op. cit.*

[76] A mais famosa batalha entre Roma e Macedônia foi a empreendida contra o rei Perseu, filho de Felipe V, entre 171 e 168 a.C., com vitória dos romanos. Há uma guerra da Macedônia também mencionada em *Tresor* III 35, 3.

beram sobre o que é melhor, e adotam uma posição. Essa questão também leva em consideração acontecimentos futuros, pois o homem realmente reflete e delibera a respeito do que se deve e do que não se deve fazer no futuro. 4. Essa causa deliberativa é dupla, uma geral e outra individual. 5. A geral é aquela em que se considera a utilidade ou a nocividade de algo, sem que se nomeie uma pessoa determinada. Como, por exemplo, quando alguém diz: "A paz deve ser mantida entre os cristãos"; e outro: "Não, não deve". Disso nasce uma causa deliberativa geral, sobre o fato de se dever ou não manter a paz. 6. A outra, individual, é a que os oradores buscam demonstrar a respeito de algo útil ou nocivo, mencionando determinadas pessoas, deste modo: alguém diz: "A paz deve ser mantida entre os milaneses e os cremoneses";[77] enquanto outro diz: "Não deve". 7. Já se falou sobre a causa deliberativa; o mestre falará, então, sobre a judiciária. Mas deve ficar claro a todos que a tarefa da deliberação é mostrar o que há de útil e de nocivo em qualquer situação. A causa deliberativa costumava ser abordada no senado, onde sábios deliberavam sobre o útil e o nocivo, levando depois tal conclusão ao parlamento; e lá se confirmava sua posição, ou, às vezes, se adotava outra melhor.

Sobre o judiciário
22. *Judiciário é o que, posto em juízo, contém em si a acusação e a defesa, ou a petição e a recusa.*

O expositor
1. A natureza do julgamento é uma forma de discurso

---

[77] No *Tresor* (III 2, 10), o mesmo exemplo é apresentado pela figura de outros personagens: dois cardeais discutem sobre a paz entre os cristãos, bem como os reis da França e da Inglaterra tomam o lugar dos habitantes das cidades de Milão e Cremona.

em que convém ao orador mostrar a justiça ou a injustiça de uma coisa, ou seja, mostrar se algo vai a favor ou contra a justiça. Isso é feito quando uma pessoa acusa outra e o acusado se defende, por si mesmo ou com outro em seu lugar. Ou, então, quando alguém faz uma petição e requer compensação por algo que tenha realizado; ao passo que outro a refuta, dizendo que se recusa a compensá-lo e, às vezes, que, "pelo contrário, ele deve ser punido". 2. Essa causa é posta em juízo — isto é, diante de uma corte de juízes — para que julguem sobre qual das partes está correta. Isso é feito abertamente na corte, com o claro conhecimento das pessoas, de forma que a pena do malfeitor sirva como exemplo para que a má ação não seja repetida; e a compensação do benfeitor sirva como exemplo para que a boa ação seja repetida. A respeito disso, um sábio disse: "Os bons evitam pecar por amor à virtude; os maus, por medo da pena".[78] 3. A causa judiciária é dupla, uma geral e uma individual. A geral é aquela em que o orador se esforça em mostrar que uma coisa é justa ou injusta, sem mencionar pessoas determinadas, deste modo: "O ladrão deve ser preso porque comete furtos"; enquanto outro diz: "Não deve". 4. A individual é aquela em que o orador se esforça para mostrar que uma coisa é justa ou injusta, nomeando pessoas determinadas, deste modo: "Guido, que cometeu um furto, deve ou não ser enforcado?", ou "Júlio César, que conquistou a França, deve ou não ser recompensado?". 5. Todas as causas judiciárias consideram o tempo passado, porque o homem deve ser recompensado ou punido por coisas realizadas anteriormente.

[78] Cf. Horácio, *Epístolas* I 16, 52-3. Francesco Maggini (*La "Rettorica" italiana di Brunetto Latini, op. cit.*, p. 49), contudo, acredita que a citação provenha dos *Moralium dogma philosophorum*, cap. 44.

Túlio traz sua opinião sobre a matéria da retórica, censurando a de Hermágoras

23. *Em nossa opinião, a arte e a ciência da eloquência se dá nesses três gêneros.* [cap. VI] *Com efeito, fica claro que Hermágoras[79] não presta atenção naquilo que diz e nem naquilo que propõe, de modo que divide a matéria dessa arte em causa e questão.*[80]

O expositor

1. Depois de ter falado acima — conforme a opinião de Aristóteles — sobre as três partes da matéria da retórica, Túlio confirma tal posição nesse trecho, acrescentando coisas suas e criticando a opinião de Hermágoras, que diz ser a matéria do orador dividida em causa e questão. 2. Ele certamente o faz para repreender aqueles que incluíam na matéria dessa arte a persuasão, a dissuasão e a consolação.[81] Túlio o repreende nominalmente porque, tendo chegado muito depois, deveria ter sido mais sutil em suas colocações; e o repreende também porque se baseava em coisas para além dessa arte; desse modo, tal repreensão também poderia se estender a outros. Mas como Túlio não completa a repreensão desses outros, o expositor quer declarar tais falhas, dizendo: 3. É verdade que, assim como se mostrou acima, o dever do orador é falar de modo conveniente para convencer; e esse convencer diz respeito às coisas que estão em desavença, isto é, que ainda não estão completamente estabelecidas na al-

[79] Hermágoras de Temnos (séc. II a.C.), autor de uma *Ars rhetorica* que não sobreviveu aos séculos, mas da qual é possível ter uma ideia a partir das obras de Cícero, Quintiliano e Agostinho.

[80] Como observa Maria Greco (*De inventione*, *op. cit.*, p. 181), Cícero se opõe ao fato de Hermágoras estender o campo da oratória à filosofia. E cf. Cícero, *Topica* XXI 79-80.

[81] Cf. Victorino, *Explanationum in Rethoricam*, *op. cit.*, p. 175.

ma. Mas, quem quiser considerar a verdade, verá que persuasão e dissuasão se dão apenas em relação às coisas que já estão completamente estabelecidas na alma. *Verbi gratia*: o expositor havia planejado compor este livro; mas, por negligência, o deixava de lado. Assim, a partir da negligência, a persuasão pôde encontrar terreno fértil; e essa persuasão se deu com base em uma coisa que já estava presente na alma, a negligência. 4. Se alguém dissuade uma pessoa que estava disposta a fazer o mal, de modo que ela realmente evita fazê-lo, essa dissuasão também se dá por uma coisa que já estava completamente estabelecida na alma. Portanto, está provado que tanto a persuasão quanto a dissuasão não podem ser matéria dessa arte. 5. A consolação, por sua vez, pode ser matéria do orador, uma vez que pode se dar sobre uma coisa que não está completamente estabelecida na alma. *Verbi gratia*: um homem havia decidido em seu coração que levaria uma vida dolorosa pela morte de uma pessoa que ele amava sobre todas as coisas. Um sábio, para consolá-lo, propôs-lhe que buscasse a alegria, sentimento que ainda não havia alcançado sua alma. De todo modo, por não trazer desavenças — uma vez que o consolado não se defende e nem alega razões contra o consolador —, tal consolação não pode ser matéria dessa arte. 6. É bem verdade que alguns disseram que a demonstração não era matéria dessa arte, mas de poetas; pois louvar e criticar pessoas era típico de poetas. Mas ainda que Túlio não os repreenda nominalmente, essa repreensão pode muito bem ser entendida quando ele confirma a sentença de Aristóteles, dizendo que a demonstração, a deliberação e o julgamento fazem parte da arte. 7. Além disso, ele observa que a demonstração pertence aos poetas e aos oradores, mas de modo diferente: os poetas louvam e criticam sem conflitos, não havendo quem os contradiga; os oradores louvam e criticam com conflitos, pois há quem os contradiz. Por isso, Túlio diz que Hermágoras não parecia entender aquilo que dizia, nem prestar atenção naquilo que propunha, afirmando ser capaz de provar qualquer causa ou questão através da retórica. Agora Túlio fará repreensões a Hermágoras a respeito de causas e questões.

Túlio está de acordo com Hermágoras na definição de causa etc.

24. Ele diz que causa é a discussão de um argumento com a interposição de indivíduos. Isso é o que nós também afirmamos como base para os três gêneros: judiciário, demonstrativo e deliberativo, assim como ficou claro antes.

O expositor
1. Após Túlio ter dito que Hermágoras não entendia completamente aquilo que estava falando ao afirmar que causa e questão são matéria dessa ciência, observa nesta parte aquilo que Hermágoras define como causa. 2. Ele chama de causa uma controvérsia entre pessoas quando cada uma possui um entendimento próprio da matéria. Surgem, com isso, embates verbais que requerem a interposição de um indivíduo que esteja diretamente e determinantemente relacionado com questões civis. 3. Túlio, nesse ponto, está de acordo com ele, tendo já dito isso com argumentos próprios e com argumentos de Aristóteles; dirá, então, como Hermágoras errou a respeito da questão.

Túlio critica Hermágoras
25. Mas ele chama de questão a discussão de um argumento sem a interposição de um indivíduo, dessa maneira: "Existe outro bem além da honestidade?"; "Os sentidos são confiáveis?"; "Qual é a forma do mundo"; "Qual o tamanho do sol". Tais questões, todos as entendemos como afastadas do ofício do orador; de fato, parece ser grande demência e loucura destinar ao orador — como se fossem de pou-

ca importância — problemas em que vemos consumido o enorme esforço de filósofos de sumo engenho.

O expositor
1. Agora, Túlio diz que Hermágoras chamava de questão aquilo que estava em discussão entre pessoas que se contrapunham verbalmente, mas que não envolvia qualquer indivíduo que estivesse diretamente relacionado com questões civis. 2. E dá como exemplo: "Existe outro bem além da honestidade?". Houve muita controvérsia entre os sábios a respeito de qual seria o bem soberano em nossa vida. Muitos, como os peripatéticos, diziam que era a honestidade; outros, como os epicuristas, diziam ser a vontade. 3. Foi também discutido se os sentidos são confiáveis, pois eles se enganam com frequência; porque se nós acreditarmos que bronze é ouro, sem dúvida nosso sentido estará enganado. 4. Ou a questão sobre a forma do mundo, tendo alguns filósofos provado que o mundo é redondo, enquanto outros dizem que é elíptico, octogonal ou quadrado. 5. Ou ainda sobre o tamanho do Sol, tendo alguns dito que possui oito vezes o tamanho da Terra, enquanto outros dizem ser maior ou menor. Esta medida, esforçavam-se por defini-la os mestres da geometria, medindo a Terra e, por essa medida, deduzindo a do Sol. 6. Com isso, Túlio mostra que Hermágoras não entendia daquilo que falava, pois é muito fácil perceber que tais questões não cabem ao ofício orador. Note-se que diz "ofício", pois um orador poderia muito bem ser filósofo e, como tal, lhe caberia tratar dessas questões; mas essa tarefa não seria pela retórica, e sim pela filosofia. Portanto, está fora de si e privado de sentidos quem diz que o orador pode ou deve tratar de tais questões, nas quais os filósofos se consomem e se esforçam há tempos. 7. Túlio, com isso, prova que Hermágoras não entendia daquilo que falava. Provará, então, como ele não prestou atenção naquilo que prometeu quando disse tratar de

qualquer causa ou qualquer questão com a retórica. 8. Hermágoras fez como os espertos que, querendo demonstrar sabedoria, se aplicam a uma arte que não pode demonstrar aquilo que desejam. É como se alguém quisesse tratar de uma questão da dialética e se aplicasse à gramática, que não pode nem jamais poderia dar conta de tal coisa; por fim, essa pessoa acaba usando apenas sua esperteza como argumento. A esse respeito, eis o texto de Túlio:

Túlio resume o que já havia dito antes
26. *Se Hermágoras tivesse conquistado um profundo conhecimento da matéria através de um estudo sistemático, pareceria que ele, usando de sua ciência, estabeleceu algo de errado a respeito da atividade do orador; e que expôs não aquilo que a arte oratória era capaz de fazer, mas sim o que ele mesmo era capaz de fazer. Mas ele é um homem tão esforçado que seria mais fácil retirar-lhe o título de retórico do que conceder-lhe o de filósofo. Não porque acho absolutamente malfeito o tratado que publicou — pois parece ter inserido ali, com engenho e diligência, argumentos escolhidos a partir de antigos manuais, além de ter proposto algo de novo — mas porque, para o orador, é muito pouco falar de sua própria arte, como ele fez. É, por outro lado, muito importante falar de acordo com a arte, o que nós todos sabemos que ele não foi capaz de fazer. [cap. VII] Por isso, fica claro que a matéria da retórica é aquela que Aristóteles indicou, da qual nós já falamos acima.*

O expositor
1. Nesta parte, Túlio diz que se Hermágoras tivesse sido mais sábio e pudesse ter tratado das questões e das causas, ele teria passado como alguém que disse algo errado, isto é, como alguém que atribuiu ao orador um dever que não é o seu, mostrando não a força da arte, mas sim sua própria

Brunetto Latini

força. 2. "Mas ele é um homem tão esforçado", diz Túlio, mostrando que seria mais fácil dizer que Hermágoras não sabe nada sobre retórica do que considerá-lo um filósofo.[82] 3. "Não porque acho absolutamente ruim o tratado que publicou"; com essas palavras, Túlio até o defende, mostrando que ele poderia ter dito coisas piores, mas também porque ele incluiu em seu livro argumentos escolhidos de antigos manuais com muito engenho e diligência, além de ter proposto coisas novas. Nesse ponto, Túlio parece enaltecer Hermágoras exatamente onde ele o repreende, dizendo ter sido um ladrão ao fazer seu livro a partir dos escritos de outros mestres. 4. "Mas é muito pouco falar de sua arte", o que vem a significar que, ao orador, não cabe oferecer ensinamentos da arte, como fez Hermágoras; mas, cabe falar de todos os modos, segundo os ensinamentos e os comandos da arte, coisa que ele não soube fazer. 5. Portanto, deve-se considerar a sentença de Aristóteles, que diz que a matéria dessa arte são a demonstração, a deliberação e o julgamento.[83] Já foi dito suficiente e diligentemente sobre o gênero, o dever e a finalidade da retórica; agora, o tratado dará conta de suas partes, assim como Túlio já havia prometido no texto.

Túlio fala sobre as partes da retórica
27. *De acordo com a maioria, as partes são: "inventio", "dispositio", "elocutio", "memoria" e "pronuntiatio".*[84]

[82] Apesar de Brunetto não comentar a ironia, é exatamente esse o tom do texto de Cícero, que ele preserva.

[83] Cf. Aristóteles, *Retórica* 1358b 7; Victorino, *Explanationum in Rethoricam*, *op. cit.*, p. 175.

[84] Literalmente: invenção, disposição, elocução, memória e pronunciação.

O expositor

1. Túlio diz que as partes são cinco, explicando o porquê; o expositor dirá, em seu devido lugar, quais são essas razões. Mas antes as abordará de acordo com Boécio, que no quarto livro da *Tópica* ressalta a incompletude do discurso caso falte alguma dessas cinco partes; por outro lado, se essas forem empregadas em um discurso ou em uma carta, certamente a arte da retórica estará presente. 2. Boécio indica ainda com razão o fato de serem essas partes que formam, organizam e compõem a retórica, do mesmo modo como a fundação, a parede e o telhado são partes que compõem uma casa; e caso falte alguma dessas, a casa não estará completa.[85] 3. Túlio diz que essas são as partes da retórica de acordo com a maioria dos pensadores, pois alguns afirmam que a *memoria* não faz parte da retórica por não ser uma ciência, além de outros que diziam que a *dispositio* não pertence à arte. 4. Assim, ele vai além, falando de cada uma das partes por si só. A primeira é a invenção, tida como a mais importante; e realmente o é, porque pode existir sem as outras, mas as outras não podem existir sem ela.

Túlio fala sobre a invenção

28. "Inventio" é a busca por argumentos verdadeiros ou verossímeis que possam dar credibilidade à causa.

O expositor

1. Túlio afirma que *inventio* é a ciência pela qual sabemos encontrar coisas verdadeiras, como argumentos necessários (ou seja, que indicam como "necessariamente" devem ser) e verossímeis, os quais são capazes de provar que algo se

[85] Cf. Boécio, *In topica Ciceronis commentariorum* (P.L. 64, col. 1060 D).

dá de um tal modo. Dessa forma, com argumentos verdadeiros e verossímeis, é possível provar e convencer sobre o dito ou o feito de alguém, que por sua vez está se defendendo ou acusando outra pessoa. 2. O "porto" do expositor pode entender isso da seguinte maneira, *verbi gratia*: há uma matéria sobre a qual deve ser feito um pronunciamento, em que uma parte é defendida e outra acusada; ou, então, há uma matéria sobre a qual deve ser ditada uma carta. A língua não estará ainda pronta para falar e nem a mão para escrever, mas observe-se que o sábio pesa suas palavras antes de pronunciá-las ou de escrevê-las. 3. Considere-se, do mesmo modo, que o bom mestre construtor, após se propor a construir uma casa e antes de pôr as mãos à obra, organiza a tarefa em sua mente e encontra em seus cálculos o melhor modo de realizá-la. Depois de conceber tudo isso, começa seu trabalho. O bom retórico deve fazer da mesma maneira, isto é, pensar diligentemente sobre a natureza de sua matéria e encontrar argumentos verdadeiros ou verossímeis sobre ela, de forma a provar e convencer daquilo que diz.[86] 4. Já está dito o que é *inventio*. Agora o tratado seguirá para dizer o que é *dispositio*.

Túlio fala sobre a disposição
29. *"Dispositio" é a colocação, em ordem, dos argumentos encontrados.*

---

[86] No *Tresor* (III 17, 1-3), a mesma recomendação é feita em relação à escolha do prólogo. E cf. Geoffroi de Vinsauf, *Poetria nova* vv. 43-61. Como observa Roberto Crespo ("Brunetto Latini e la *Poetria nova* di Geoffroi de Vinsauf", *Lettere Italiane*, vol. 24, nº 1, p. 98, 1972), mesmo que não citada por Brunetto em nenhum dos passos, a amplamente difusa *Poetria nova* será a fonte da teoria da *amplificatio* que o *Tresor* (III 13) promove.

O expositor

1. Tulio fala sobre a *dispositio* considerando que encontrar argumentos para provar e convencer de suas palavras não vale de nada para quem não sabe dispô-los em ordem, ou seja, colocar cada argumento na parte e no lugar conveniente para enfatizar o pensamento do orador. 2. Ele diz que essa é a ciência pela qual nós sabemos ordenar em lugares convenientes os argumentos encontrados, isto é: os argumentos sólidos no início, os frágeis no meio e os mais sólidos de todos — aqueles que não podem ser facilmente confrontados — no fim. 3. Age assim o construtor da casa, pois tendo encontrado em sua mente o modo de edificá-la, ele organiza a fundação no lugar conveniente, seguindo para a parede, telhado, porta, cômodos e corredores, dando lugar a cada um desses. 4. Já está dito o que é *dispositio*. Agora o tratado seguirá com a *elocutio*.

Túlio fala sobre a elocução

30. *"Elocutio" é a adequação das palavras e dos pensamentos aos argumentos derivados da invenção.*

O expositor

1. De nada vale encontrar e ordenar argumentos a quem não é capaz de enfeitar seu discurso com palavras aprazíveis e repletas de boas sentenças convenientes à matéria. Por isso, Túlio mostra o que é *elocutio*. Ele diz que essa é a ciência pela qual sabemos unir a ornamentação de palavras e sentenças àquilo que tínhamos encontrado e ordenado. 2. Note-se que a ornamentação é uma distinção para algumas das palavras do discurso, através da qual todo o discurso resplandece. *Verbi gratia*: "O grande valor que reina em vós me dá grandes esperanças de vossa ajuda". Sem dúvida, a palavra "reina" faz resplandecer todas as outras palavras da frase. 3. Do mesmo modo, note-se que a ornamentação da frase é uma

distinção que provém da maneira como as expressões são prazerosamente unidas umas às outras em um discurso. *Verbi gratia*, essas palavras de Salomão:[87] "Melhores são as feridas do amigo que os falsos beijos do inimigo". 4. Estando dito que a *elocutio* é a provisão de palavras e expressões que tornam o discurso organizado e aprazível, o tratado seguirá para a quarta parte da retórica, a *memoria*.

Túlio fala sobre a memória
31. *"Memoria" é a capacidade de reter firmemente no ânimo as coisas e as palavras em sua devida ordem.*

O expositor
1. Considerando que de nada vale encontrar, ordenar e enfeitar as palavras se nós não as retivermos na memória no momento de recuperá-las para a fala e para o ditado, Túlio aborda a *memoria*. Ele nota que pode ser de dois tipos: uma natural e uma artificial.[88] 2. A natural é aquela força da alma pela qual sabemos reter o que aprendemos por algum dos sentidos do corpo. 3. A artificial é a ciência que se adquire com os ensinamentos dos filósofos; ensinamentos pelos quais podemos — quando bem adquiridos — reter na memória as coisas que ouvimos, encontramos ou aprendemos por meio de algum dos sentidos do corpo. A memória artificial é, segundo Túlio, uma parte da retórica. 4. Ele diz que a *memoria* é a ciência pela qual nós retemos, no ânimo, as ideias e as palavras que havíamos encontrado e ordenado, de modo que nos lembraremos delas quando estivemos nos pronunciando. Estando dito o que é *memoria*, o tratado seguirá com a quinta e última parte da retórica, a *pronuntiatio*.

[87] Cf. Bíblia, *Provérbios* 27,6.
[88] Cf. [Pseudo-Cícero] *Retórica a Herênio* III 16 (28).

Túlio fala sobre a pronunciação

32. "Pronuntiatio" é a adequação dos gestos e da voz segundo a natureza das coisas e das palavras.

O expositor

1. Para dizer a verdade, de pouco vale encontrar, ordenar, enfeitar as palavras e ter memória a quem não tem capacidade de proferir e pronunciar seu discurso de modo adequado. Assim, Túlio diz, por fim, o que é *pronuntiatio*, isto é: a ciência pela qual sabemos proferir nossas palavras. Além disso, é a que permite medir e ajustar a voz, adequar o comportamento da pessoa e dos membros de acordo com a natureza do fato e de acordo com as condições do discurso. 2. Quem quer transmitir a verdade usa modos diferentes para exprimir dor ou alegria, paz ou guerra. Portanto, o orador que quer convencer o povo à guerra deve falar com voz alta para expressar palavras francas e vitoriosas, assim como assumir uma postura de pessoa gloriosa e um semblante feroz contra o inimigo. 3. E se as condições requererem que se vá parlamentar a cavalo, deve-se ter um animal de grande bravura que — enquanto o orador fala — urre, relinche, raspe a terra com as patas, levante poeira, bufe pelas narinas e faça tremer toda a praça, de modo que pareça iniciado o tumulto e já se esteja na batalha. Nesse ponto, não parece inadequado levantar, às vezes, a mão para mostrar uma farta disposição ou ameaça contra os inimigos. 4. O extremo oposto deve-se fazer em caso de paz, mantendo-se uma postura humilde com o corpo, semblante afável, voz suave, palavras pacíficas, mãos tranquilas; o cavalo deve ser o mais manso de todos, repleto de tanta calma e dotado de tanta suavidade que nem mesmo um só pelo seu se mova, de modo que ele próprio pareça o portador da paz. 5. Nesse júbilo, o orador deve manter a cabeça erguida e o rosto alegre, com todas as suas palavras e gestos significando satisfação. E, falando da

Brunetto Latini

dor, que mantenha a cabeça inclinada, o rosto triste, os olhos cheios de lágrimas; e que todas as suas palavras e gestos signifiquem essa dor, de modo que toda a aparência e movimentos conduzam o ânimo do ouvinte à dor e às lágrimas. 6. Já está dito sobre as cinco partes substanciais da retórica, inteiramente de acordo com a opinião de Túlio e da forma como o expositor pode melhor explicá-las a seu "porto". Túlio, então, se desculpa por não ter demonstrado a razão pela qual o gênero, o dever e a finalidade são tratados na retórica, assim como ele havia feito sobre a matéria e as partes; ele o diz deste modo:

Túlio diz que tratará da matéria e sobre as partes
33. Estando brevemente colocadas essas coisas, deixaremos para outro momento a exposição das razões pelas quais poderíamos demonstrar o gênero, o dever e a finalidade dessa arte, pois esses pontos exigem um longo discurso que não diz tanto respeito à descrição de suas características e de seus ensinamentos. Mas acredito que convém àquele que escreve sobre a arte retórica escrever também sobre as outras duas, isto é, sobre a matéria e sobre suas partes. Por isso, quero tratar dessas duas coisas conjuntamente. Então, considere-se atentamente que a "inventio" — princesa de todas as partes — deve estar presente em todos os gêneros de causas.

O expositor
1. Nesta parte, Túlio diz preferir não mostrar agora porque aquilo que mencionou antes seria um gênero, um dever ou uma finalidade da retórica, pois isso iria requerer um discurso longo e pouco frutífero; por esse motivo, deixa para tratar disso em outro livro.[89] No presente livro ele trata da

[89] Trazida à Idade Moderna no *corpus rhetoricum* ciceroniano, a

matéria, como demonstração, deliberação e julgamento, examinando ainda as partes, como *inventio*, *dispositio*, *elocutio*, *memoria* e *pronuntiatio*. 2. Todas elas serão abordadas juntas e ao mesmo tempo. Mas como a *inventio* é a parte mais importante, Túlio dirá que ela deve estar presente em todos os gêneros da retórica, sendo necessário estabelecê-la quando a matéria é de causa demonstrativa, deliberativa ou judicial. Ele mostrará, ao mesmo tempo, como o argumento em cada uma dessas causas deve ser encontrado, como suas palavras devem ser ordenadas, como devem ser enfeitadas, como devem ser retidas na memória e como devem ser proferidas.

O expositor fala a seu amigo: 3. Assim, o expositor — estando envolvido em uma tarefa tão alta como a desta obra — pede a seu "porto" que tenha prazer em dedicar o ânimo àquilo que foi dito antes, especialmente em conhecer os gêneros demonstrativo, deliberativo e judiciário, que são os fundamentos de toda a arte; e que ele se dedique também ao que vem depois, para que possa entender todo o livro, de modo que — pela boa aprendizagem e pelos belos discursos que fará segundo os ensinamentos da arte — o livro e seu expositor recebam uma glória eterna.

Da composição e de suas quatro partes
34. [cap. VIII] *Qualquer coisa que abranja uma controvérsia verbal ou um debate contém em si uma questão sobre um fato, um nome, um gênero ou uma ação; e nós chamamos de composição a questão da qual a causa se origina. Composição é a origem do embate em uma causa, que surge da contestação de uma acusação, deste modo: "Você fez isso". "Não, não fiz", ou "Fiz por uma razão".*

Rhetorica ad Herennium (*rhetorica nova*) foi até então considerada como o segundo tratado retórico de Cícero depois do *De inventione* (*rhetorica vetus*).

Brunetto Latini

O expositor

1. Após Túlio ter dito que demonstraria e trataria conjuntamente a invenção e a matéria, o expositor demonstra de que forma tratou da *inventio*; mas, para uma maior clareza, falará antes sobre o significado que assumem tais palavras, isto é, causa, controvérsia, composição e estado. 2. Causa se refere ao que foi dito ou feito para estabelecer uma discórdia, sendo chamado de causa todo o processo de ambas as partes. Chama-se causa também todo discurso ou contestação que começa com um prólogo e termina com uma conclusão; de modo que o envolvido diz: "A minha causa é justa", isto é, "A minha parte está correta". 3. Controvérsia equivale a causa, e significa controverter, isto é, um fazer objeção a outro por diversas razões contrárias. 4. Questão é o primeiro argumento de quem acusa, bem como a resposta de quem se defende. Chama-se questão um discurso no qual as duas partes colocam interrogações, sendo chamada de questão por ambas as partes. 5. Composição é tida e compreendida com as mesmas significações ditas antes. 6. É chamado de estado o que foi dito ou feito pelo adversário, ou seja, aquilo que o orador busca demonstrar; essa mesma coisa é também chamada de composição, porque o orador compõe e organiza sua razão para tomar parte naquilo que foi dito ou feito. Mas, pelo fato de diferentes pessoas entenderem de maneiras diferentes o que foi dito ou feito, é também chamado de controvérsia.

Aqui o expositor diz como Túlio tratará a invenção.

7. Após o expositor ter dito os significados dessas palavras, dirá em que ordem Túlio aborda a invenção. Certamente, em primeiro lugar, ensina a localizar e encontrar as questões de que tratam os oradores; ele as chama de composição, mostrando suas propriedades e dividindo-as em partes. 8. Em segundo lugar, mostra que a causa é de tipo simples quando

possui apenas duas partes, e que é de tipo composta quando possui quatro. 9. Em terceiro, que tipo de controvérsia pode se dar na escrita e qual na fala. 10. Em quarto lugar, demonstra as coisas que surgem da composição, isto é, da oração que possui duas partes e motivações, julgamento e argumento da defesa. 11. Em quinto lugar, demonstra de que modo, segundo a retórica, devem ser tratadas as partes do discurso. 12. Em sexto lugar, demonstra quantas são essas partes, quais são e o que se deve fazer em cada uma delas. 13. Dispõe-se assim o texto de Túlio para esclarecer de onde provêm as questões que cabem ao orador.

Expositor — 14. Todas as coisas envolvidas em controvérsias — isto é, quando pessoas diferentes pensam de maneira diferente, manifestando-se de modo inquisitório sobre alguma coisa para saber qual das partes é verdadeira e qual é falsa — possuem em si uma questão factual, ou seja, em relação a um fato de que alguém é acusado. *Verbi gratia*, quando uma pessoa acusa outra: "Você pôs fogo no Capitólio", ao que o outro responde: "Não, não pus". Disso, surge uma questão sobre se a pessoa cometeu ou não tal ato, sendo chamada de questão factual por conta do fato da acusação. 15. Há também a questão nominal, ou seja, quando uma das partes denomina o fato de um modo e a outra parte de outro. *Verbi gratia*, se alguém furta um cavalo de uma igreja, ou algo que não seja sagrado. Uma das partes acusa a outra: "Você cometeu um sacrilégio", ao que a outra responde: "Não foi um sacrilégio, foi um furto".[90] Note-se que sacrilégio é muito pior do que furto, pois se trata de roubar algo sagrado de um lugar sagrado. A partir disso, surge uma questão a respeito do nome do fato, isto é, se deve ser chamado de furto ou de sacrilégio. Por isso, trata-se de uma questão nomi-

[90] Cf. Victorino, *Explanationum in Rethoricam*, *op. cit.*, p. 181.

nal. 16. Há também a questão do gênero, ou seja, da índole do fato, quando uma das partes atribui um caráter a determinado fato e a outra parte atribui um caráter diferente. *Verbi gratia*, se alguém diz: "Esse homem assassinou justamente a mãe porque ela havia matado seu pai", enquanto outro diz: "Não, não é verdade, ele o fez injustamente". A partir disso, surge uma questão em relação a sua índole — se o ato foi feito com ou sem justiça —, sendo chamada de questão de gênero, pois diz respeito ao caráter do fato. 17. Há também a questão que depende de uma ação, o que significa que pode se referir a outro lugar ou outro momento. *Verbi gratia*, se alguém diz: "Você roubou meu cavalo", e o outro responde: "É verdade, mas não lhe darei satisfação disso agora porque você é meu servo", ou "porque é tempo de festa", ou "porque não devo responder nessa corte, mas na corte de minha terra". Disso deriva uma questão, que Túlio diz ser questão de ação, ou seja, se deve ou não ser respondida. 18. Túlio diz ainda que todas essas questões devem ser chamadas de composição, pois possuem esse nome. Diz que composição é a primeira desavença das causas, aquilo sobre o que os oradores discutem, o que é dito por um ou por outro. E aquilo sobre o que os oradores discutem é a origem, o que parte do contraste das intenções, isto é, das afirmações daquele que se defende das palavras do acusador. 19. Desse modo, a primeira fala do defensor é chamada de contraste; e a primeira fala do acusador é chamada de contenção. Parece que a origem da composição se dá com a defesa da acusação; não que nasça com a defesa, mas porque a partir da fala do defensor pode-se conhecer se a causa ou questão é factual, de gênero, nominal ou de ação, de acordo com os exemplos postos acima. 20. Túlio agora falará a respeito dos nomes, das divisões, das propriedades e das causas de todas as mencionadas questões.

Da factual, chamada de conjectural

35. *Quando uma controvérsia diz respeito a um fato, tendo a causa que ser estabelecida por meio de conjecturas, dá-se o nome de conjectural.*

O expositor

1. Nessa parte, Túlio diz que quando o desentendimento se dá por um fato atribuído ao acusado, assim como foi dito antes, é necessário que tal fato seja demonstrado por conjecturas, como suspeitas ou presunções. *Verbi gratia,* quando uma pessoa acusa outra: "Você realmente assassinou Ájax, porque eu te encontrei e vi quando tiraste a faca do corpo dele".[91] 2. Essa é uma questão muito delicada, segundo Victorino, pois os oradores se esforçam tanto para prová-la que muitas sólidas razões podem ser induzidas por ambas as partes.[92] Tendo falado sobre a composição factual, Túlio falará sobre a nominal.

Da nominal, chamada de definitiva

36. *Quando uma controvérsia diz respeito a um nome, tendo o significado da palavra que ser definido por outras palavras, dá-se o nome de definitiva.*

O expositor

1. Nessa parte, Túlio diz que quando o desentendimento é em relação ao nome do fato, isto é, sobre como deve ser chamado o ato atribuído a alguém, a questão passa a ser definitiva, já que é necessário definir a força (significação) de certa palavra ou nome; ou seja, é necessário esclarecer e ex-

[91] Cf. [Pseudo-Cícero] *Retórica a Herênio* I 11 (18).
[92] Cf. Victorino, *Explanationum in Rethoricam, op. cit.,* p. 180.

plicar o que ela quer dizer, mas não com exemplos e sim com palavras breves, claras e compreensíveis. 2. *Verbi gratia*: um homem é acusado de ter tirado um cálice de um lugar sagrado, e ele se defende dizendo que isso não é um sacrilégio, mas um furto. Tudo nessa controvérsia gira em torno do nome do fato: é um sacrilégio ou um furto? 3. Assim, para conhecer a verdade, é necessário definir os nomes de ambos, ou seja, dizer o significado e a compreensão a respeito de cada um deles. Depois de ter bem esclarecidos com palavras os seus valores, será possível compreender e demonstrar qual nome se aplica ao fato. Tendo falado sobre o nome, Túlio falará sobre o gênero.

Túlio fala sobre o gênero, chamado também de geral
37. *Quando se questiona sobre a natureza do fato, sendo a controvérsia do mesmo tipo e do mesmo gênero do fato, falamos em composição geral.*

O expositor
1. Nessa parte, Túlio chama de composição geral quando é questionada a natureza do fato, tendo a controvérsia a mesma importância do fato, isto é, a mesma relevância, a mesma medida e o mesmo gênero; em suma, o mesmo caráter desse fato. 2. *Verbi gratia*, a relevância do fato é entendida em relação ao que uma pessoa fez em comparação a outra, assim como se questionou se Túlio havia feito por Roma tanto quanto Catão. 3. A comparação do fato é feita a partir da análise de qual entre duas partes é a melhor; assim como foi questionado se, quando os romanos conquistaram Cartago, teria sido melhor destruí-la ou tê-la deixado em paz.[93] 4. O gênero do fato é questionado pelo caráter do mes-

---

[93] Cf. Victorino, *Explanationum in Rethoricam, op. cit.*, p. 181.

mo fato, como mostrado no exemplo, isto é, se aquele que o realizou o fez justa ou injustamente.

Túlio fala sobre a ação, chamada também de translativa

38. *Mas, quando a causa depende do fato de o autor que move a questão não ser quem deveria — ou não a move contra quem deveria,[94] ou junto a quem deveria, ou no momento em que deveria, ou a lei, pecado ou pena não são o que deveriam — tem-se uma composição translativa, de modo que se faz necessária uma transmissão e uma modificação.*

O expositor
1. Nessa parte, Túlio fala sobre a controvérsia de ação que pode estar presente na questão, sendo necessário que esta se transforme parcial ou completamente; e, por isso, tem o nome de translativa, ou seja, transmutativa. Isso pode se dar pelas sete maneiras mencionadas no texto, isto é: 2. Quando o autor que move a questão não é quem deveria ser. *Verbi gratia*, quando um estudante acusa outro: "Você chegou muito atrasado à escola", ao que esse diz: "Não preciso responder; porque não cabe a você me indagar a respeito disso, mas sim a nosso mestre". 3. Ou não move a questão contra quem deveria. *Verbi gratia*: descobriu-se que em Roma havia uma rede de traições e alguém a atribuiu a Júlio Cesar, que disse: "Não convém mover tal questão contra mim, mas contra Catilina, responsável por isso tanto agora quanto em outras vezes". 4. Ou não move a questão junto a quem deveria movê-la, isto é, diante das pessoas adequadas. *Verbi gratia*: o bispo foi acusado de simonia diante do rei de Na-

---

[94] Segundo Francesco Maggini, a frase "*o non appo coloro che ssi conviene*" falta em todos os códices, mas se identifica a partir do latim "*aut non apud quos*" e do § 4 do comentário.

varra, respondendo ao acusador: "O senhor não me acuse diante de um juiz ao qual eu não devo responder. Pois apenas diante do papa eu posso ser responsabilizado por isso e por outras coisas". 5. Ou não move a questão no momento em que deveria. *Verbi gratia*, quando uma pessoa foi acusada no dia da Páscoa, dizendo: "Não respondo por isso agora, pois hoje não é o momento apropriado para tais questões". 6. Ou não move uma questão de acordo com a lei apropriada. *Verbi gratia*, quando um cidadão de Roma estava em Paris e queria discutir com um francês segundo as leis de Roma; mas o francês afirmava que não deveria responder a tal lei, e sim à da França. 7. Ou não move uma questão de acordo com um crime correspondente. *Verbi gratia*, quando uma pessoa que não possuía o membro masculino foi acusada de ter violentado uma virgem, respondendo: "Não será esse o crime do qual serei acusado". 8. Ou não move uma questão de acordo com uma pena correspondente. *Verbi gratia*, quando uma pessoa que havia matado um galo foi sentenciada a perder a cabeça, ao que responde: "Não estou de acordo com tal pena, pois não condiz com o crime". 9. Desse modo, tais questões são translativas por precisarem ser transmutadas em fatos ou condições, às vezes em parte e às vezes completamente, como se vê pelos exemplos.

Túlio diz que se não houver uma dessas quatro coisas não haverá causa

39. *É inevitável que se verifique uma dessas coisas em qualquer tipo de causa; já que, se nenhuma delas estiver presente, não seria possível estabelecer a controvérsia e nem considerá-la como causa.*

O expositor

1. Depois de ter dividido as partes da composição, bem como ter dito seus nomes, o que são e como são, Túlio afir-

ma que quando uma dessas questões (sobre o fato, nome, relevância ou transmutação da ação) não está colocada entre os falantes, certamente não pode haver uma controvérsia entre eles. E não havendo controvérsia, o fato sobre o qual se pronunciaram não seria uma causa e, portanto, não seria matéria dessa arte, não pertencendo ao gênero demonstrativo, deliberativo ou judiciário. 2. E comprovando isso, Túlio indica que as coisas mencionadas nessa arte estão tão unidas que qualquer causa demonstrativa, deliberativa ou judiciária configura uma composição factual, nominal, de gênero ou de ação, sendo o contrário também verdadeiro, isto é, que qualquer composição factual, nominal, de gênero ou de ação é também demonstrativa, deliberativa ou judiciária. Túlio, então, continua com a matéria para falar de cada uma das partes.

Sobre o fato
40. A controvérsia sobre o fato pode se referir a todos os tempos. Podemos perguntar sobre aquilo que ocorreu no passado: "Ulisses matou Ájax ou não?"; podemos perguntar sobre o momento presente: "Os habitantes de Fregelle[95] estão de boa vontade em relação à comuna ou não?"; e podemos perguntar sobre o que será feito: "Se deixarmos Cartago intacta, isso ocasionará algum bem para a comuna ou não?".[96]

O expositor
1. Nessa parte, Túlio diz que a controvérsia relativa ao fato posto contra uma pessoa — chamada de composição conjectural, como mencionado e exemplificado anteriormen-

[95] Atual Ceprano, província de Frosinone e região do Lácio, Itália.

[96] Cf. [Pseudo-Cícero] *Retórica a Herênio* IV 15 (22). Cf. Victorino, *Explanationum in Rethoricam*, *op. cit.*, p. 181.

te — pode se dar em todos os tempos: passado, presente e futuro. 2. No passado, Túlio dá o exemplo da morte de Ájax, que assim ocorreu: durante o assédio de Troia, o bom Aquiles foi morto; depois de sua morte, houve uma grande questão entre Ulisses e Ájax a respeito de suas armas. 3. Segundo quem conta as histórias, Ulisses foi certamente o homem mais sábio entre os gregos e o melhor orador, de modo que, pela grande sensatez que nele reinava e por sua eloquência, realizava grandes feitos que outros não sabiam executar. Por isso, com sua sabedoria, ele causou mais mal aos troianos que quase todo o exército com armas, ficando isso claro, por fim, ao ser ele o inventor do cavalo pelo qual Troia pereceu e foi traída. Na verdade, Ulisses não se esforçava muito com armas na batalha e não era de grande valentia; mas, ainda assim, insistia que lhe fossem dadas as armas de Aquiles, dizendo ser digno delas por ter feito tantas realizações naquela guerra etc. 4. Do outro lado, Ájax era um cavaleiro leal, corajoso e de grandes habilidades com armas em punho, mas não era dotado de grande sensatez e sem muito [ ];[97] no entanto, havia combatido de modo leal naquela guerra e por isso reivindicava as armas de Aquiles, dizendo não serem pertinentes a Ulisses. 5. Por fim, as armas foram concedidas a Ulisses, motivo pelo qual surgiu tanta inveja que eles viraram inimigos mortais entre si; nesse meio-tempo, Ájax morreu e Ulisses foi acusado de sua morte, da qual se defendia e negava. Dessa forma, a controvérsia sobre o fato expõe uma questão factual no passado, isto é, que já tinha ocorrido. 6. No seu tempo presente, Túlio dá o exemplo dos habitantes de Fregelle, que em Roma haviam sido acusados de agir com má

[97] Todos os manuscritos indicam que falta uma palavra à frase. Francesco Maggini observa que um dos códices por ele consultado (M^1) deixa ainda um espaço em branco, tendo o editor crítico se isentado de conjecturar.

vontade em relação à comuna. Mas eles se defenderam, dizendo serem bons e corretos, de modo que a partir disso teve origem uma questão de fatos presentes, ou seja, se agiam ou não de boa vontade. 7. Em relação ao futuro, Túlio dá o exemplo de Cartago, que foi uma das mais nobres e poderosas cidades do mundo, mantendo guerras com Roma, mas sendo, por fim, vencida e conquistada pelos romanos. Houve pessoas que queriam que a cidade fosse desfeita, pelo bem de Roma; houve outros que aconselhavam o contrário, que o melhor poderia ocorrer se ela permanecesse intacta. Essa era uma questão sobre o futuro: se Cartago deveria ser preservada ou destruída; o que levaria ao bem ou ao mal. 8. Tendo Túlio falado sobre a controvérsia factual, falará da nominal, deste modo:

Sobre o nome
41. A controvérsia sobre o nome se dá quando se está de acordo sobre o ocorrido, mas se discute o nome a ser atribuído ao fato. Ela existe quando não se concorda sobre a coisa; não porque o fato não esteja claro, mas porque é visto por uma pessoa de um modo e, por outra, de modo diferente; assim, uma pessoa o define diferentemente de outra. Por isso, nesse gênero, a coisa deve ser definida e descrita de modo breve para determinar se, por exemplo, quem retirou um objeto sagrado de um lugar sagrado deve ser julgado como ladrão ou como sacrílego. Nessa questão, será necessário definir tanto um como outro — ou seja, o que se entende como ladrão e como sacrílego —, e mostrar com discernimento que a coisa em questão deve ser definida de modo diferente de como a chamam os adversários.

O expositor
1. Nessa parte, Túlio fala sobre a controvérsia nominal; e como muito já se tratou disso anteriormente, o expositor

passará brevemente, falando apenas sobre o tema do texto, como em tal caso: 2. Roberto acusa Walter de ter pegado maliciosamente uma coisa sagrada, como um cálice ou outra coisa similar usada nas cerimônias religiosas, dizendo que a pegou de um lugar particular, ou seja, de uma casa ou de outro lugar não consagrado. Depois disso, o acusado confessa o fato, dizendo o acusador: "Você cometeu um sacrilégio"; ao que o acusado responde: "Não foi um sacrilégio, mas um furto". Assim, estão de acordo em relação ao fato, mas não em relação à coisa, isto é, à característica pela qual se pode saber que nome deve ser dado a tal fato, uma vez que ao acusador parece uma (dizendo ser sacrilégio), e ao acusado, outra (dizendo ser furto). 3. Nesse tipo de controvérsia, convém que o orador que discorre sobre a matéria defina com breves palavras e dê conta do que é sacrilégio e do que é furto; assim, deve mostrar como o fato não possui o nome empregado pelo adversário. Estando explicada a controvérsia nominal, Túlio agora falará sobre aquela de gênero, deste modo:

Sobre o gênero
42. [cap. IX] *Estando-se plenamente de acordo a respeito do fato e do nome pelo qual este deve ser definido, a controvérsia de gênero se dá quando se busca ainda definir o quanto tal fato é grave, como ocorreu e de que natureza é: se é justo ou injusto, útil ou inútil, e todas as coisas a partir das quais se busca compreender sua composição.*

O expositor
1. Nessa parte, Túlio fala sobre a questão do gênero; e como tanto já foi dito sobre isso, o expositor se limitará a poucas palavras. A controvérsia de gênero se dá quando o acusado confessa o fato e está de acordo com o acusador em relação ao nome dado, mas discordam em relação à relevância do fato, isto é, se é grave, pouco grave ou muito pouco

grave. 2. *Verbi gratia*, um importante cidadão romano fugiu quando deveria ter expulsado os inimigos de sua comuna. Foi acusado de ter ferido e ofendido a dignidade de Roma; o acusado confessa o ato e concorda com o nome do fato. O acusador diz que: "Esse é um grande dano"; e o acusado responde: "Não é grande, é pequeno". Estabelece-se, portanto, uma discórdia entre eles a respeito da relevância, se é um grande ou um pequeno mal. 3. Eles também podem estar em desacordo sobre o modo, isto é, em relação à comparação do fato, assim como foi dito acima no exemplo sobre Cartago, se seria melhor eliminá-la ou deixá-la. 4. Ou estão em desacordo sobre natureza do fato, como aparece no exemplo de Orestes, que matou sua mãe e foi acusado de tê-lo feito injustamente; mas ele se defende, dizendo que o fez com justiça, apesar de ter confessado e concordado com o nome do fato. Assim, a discórdia está na natureza do ato, se ele foi realizado justa ou injustamente. 5. Mas, é bem verdade que Túlio não coloca no texto um exemplo sobre a relevância, nem sobre a comparação, mas apenas sobre a natureza; ele o faz porque essa é mais frequente que as outras, dizendo, portanto, que em todas as coisas em que se confessa o fato e o nome a ele atribuído, mas se questiona sobre a natureza de tal fato, está presente a controvérsia de gênero. 6. Tendo Túlio falado sobre a questão do gênero segundo sua opinião, segue imediatamente para refutar o erro de Hermágoras em relação à controvérsia de gênero.

Sobre o erro de Hermágoras

43. *Hermágoras dispôs quatro partes sob esse gênero: deliberativa, demonstrativa, judiciária[98] e legal. E me parece que uma falha tão relevante deva ser rejeitada com poucas palavras, para não correr o risco de que, passando em silên-*

[98] Cf. *Retórica* 48, 1 (nota).

cio, se pense que nós concordamos com ele sem um justo motivo; ou, se demorarmos demais ao refutar sua opinião, pareça que nós queremos interpor uma incerteza e um obstáculo aos outros ensinamentos. 44. Se o deliberativo e o demonstrativo são gêneros de causas, não podem ser justamente considerados partes de um gênero qualquer de causa; uma coisa pode até ser gênero em relação a outra e parte em relação a uma terceira, mas não pode ser, para a mesma coisa, gênero e parte ao mesmo tempo. Certamente, o deliberativo e o demonstrativo são gêneros de causas. Mas, ou não há nenhum gênero de causa ou há apenas o judiciário, ou mesmo judiciário, demonstrativo e deliberativo. Por isso, é uma grande loucura dele dizer que não existe nenhum gênero de causa enquanto ele próprio afirma que as causas são muitas, oferecendo até mesmo seus preceitos. Não pode existir apenas um gênero judiciário se o deliberativo e o demonstrativo não são semelhantes entre si e ainda diferem muito do gênero judiciário, possuindo cada um seu escopo preciso em relação ao que deve ser referido. Portanto, os gêneros de causas são certamente esses três, de modo que o deliberativo e o demonstrativo não podem ser justamente considerados como parte de nenhum gênero de causa, tendo Hermágoras se expressado de forma errada ao dizer que são partes da composição geral. 45. [cap. X] E se não podem ser corretamente considerados como parte de um gênero de causa, menos ainda serão considerados corretamente como subpartes da causa. Uma parte da causa é qualquer uma dessas composições, porque não é a causa que se ajusta à composição, mas a composição à causa. Mas os discursos demonstrativos e deliberativos não podem ser corretamente considerados como parte de um gênero de causa, já que eles mesmos são gêneros; e, por isso, menos ainda serão considerados como parte daquela parte de que ele fala. 46. Além disso, se a composição da causa, em sua totalidade ou em qualquer uma de suas partes, se resolve na refutação da acusação, aquilo que não é refutação da acusação não poderá ser nem composição da causa e nem parte dela. Por isso, o deliberativo e o demonstrativo não são a composição da causa. Assim, se a composição da causa, em sua totalidade ou em qualquer uma de suas partes, é a refutação da acusação, o demonstrativo e o deliberativo não são a composição da causa e nem parte dela. Mas Hermágoras insiste que a composição da causa é uma refutação. Portanto, ele deve admitir que tais gêneros não são a composição da causa e nem fazem parte dela. E semelhante desconforto ocorrerá se alguém disser que a composição é a primeira prova apresentada pelo acusador ou o primeiro argumento do defensor; e, assim, com todos os inconvenientes que o seguirão. 47. Além disso, a causa conjectural — isto é, factual — não pode ser conjectural e definitiva de uma mesma parte em um mesmo gênero; do mesmo modo, a causa definitiva não pode ser contemporaneamente translativa de uma mesma parte em um mesmo gênero. Em suma, nenhuma composição e nenhuma de suas partes pode conter e possuir a prerrogativa própria e, ao mesmo tempo, a de outros, pois cada uma é considerada singularmente por sua própria natureza; e se uma é incluída, o número das composições dobra, mas não aumenta a força da composição. Na verdade, a causa deliberativa costuma comportar ao mesmo tempo, sobre um mesmo ponto e em um mesmo gênero, uma composição conjectural, uma geral, uma definitiva e uma translativa; às vezes apenas uma, às vezes, mais de uma. Portanto, ela não é nem composição da causa, nem parte dela. O mesmo costuma acontecer, com frequência, com a causa demonstrativa. Assim, como nós dissemos antes, os discursos deliberativo e demonstrativo são gêneros de causas, e não partes de qualquer composição.

Brunetto Latini

O expositor

1. Nessa parte, Túlio diz que, de acordo com Hermágoras, a controvérsia do gênero tinha quatro partes abaixo de si, que são a deliberativa, a demonstrativa, a judiciária e a legal. Túlio confuta isso de todos os modos, mostrando com argumentos dialéticos[99] muitas razões pelas quais Hermágoras errava gravemente, como: a demonstração e a deliberação são gêneros de causas, de modo que as causas é que são partes delas; e como são gêneros, sendo o todo das causas, não podem ser parte das mesmas causas, uma vez que uma coisa não pode ser, ao mesmo tempo, o todo de uma coisa e uma parte dela. 2. Com muitas razões e com ótimos argumentos, Túlio conclui que Hermágoras estava equivocado, apresentando seu pensamento: quais são as partes da composição do gênero, isto é, da relevância, do modo e da natureza do fato, assim como foi dito acima. E o pensamento de Túlio começa deste modo:

As partes da composição geral

48. [cap. XI] *Essa composição chamada geral parece possuir duas partes: judiciária e legal.*

O expositor

1. Depois de ter criticado a opinião de Hermágoras sobre as quatro partes, Túlio apresenta seu pensamento dizendo haver apenas duas partes, retomando duas das quais Hermágoras havia mencionado: judiciária e legal. E imediatamente após ter dito seu pensamento, que supera o de Hermá-

---

[99] Segundo Francesco Maggini (*La "Rettorica" italiana di Brunetto Latini, op. cit.*, p. 26), essa passagem atesta a simplificação que Brunetto faz da exposição de Victorino, o qual se perde em silogismos para exibir a argumentação de Cícero contra Hermágoras.

goras e de qualquer outro, diz o que é judiciária[100] e o que é legal, deste modo:

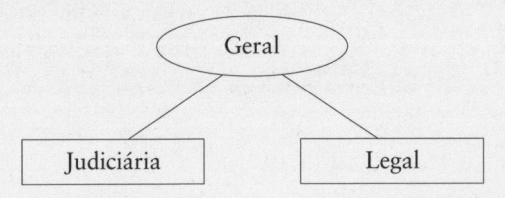

Sobre a judiciária

49. *Judiciária é a parte na qual se busca a natureza do justo e do igual, além da razão da recompensa e da pena.*

O expositor

1. A composição judiciária é aquela em que, por direito — isto é, pela razão derivada da experiência e da igualdade, ou seja, pela razão natural e pela razão escrita —, questiona-se sobre a relevância, sobre a comparação ou sobre a natureza de um fato, buscando saber se esse fato é justo ou injusto, bom ou ruim. 2. Do mesmo modo, será judiciária a questão na qual se indaga se alguém é digno de punição ou de mérito. *Verbi gratia*: "Alobroges é digno de mérito por ter revelado a conspiração de Catilina?",[101] discutindo-se a respeito do sim e do não. Ou este outro exemplo: "Giraldo é digno de pena por ter cometido um furto?", discutindo-se

[100] Elisa Guadagnini ("Per una nuova edizione della *Rettorica* di Brunetto Latini", *op. cit.*, pp. 216-7) observa que a complexidade do passo (uma sobreposição ao sistema de Hermágoras com outro de matriz aristotélica, o qual divide o gênero da oratória em *demonstrativum*, *deliberativum* e *iudiciale*) somada ao fácil deslize de *iuridicialis* do texto de Cícero a *iudicialis* (*iudiciale* em Brunetto) levam a crer que a primeira seja uma *lectio difficilior* mantida por alguns códices e preferível à segunda. A estudiosa, nesse sentido, considera um "erro de autor" o *iudiciale* do cap. 43 e correta a lição *iuridiciale* a partir do cap. 48.

[101] Cf. Salústio, *De coniuratione Catilinae* XLIV ss.

igualmente a respeito do sim e do não. 3. Após discorrer sobre a judiciária, Túlio falará da outra parte, a legal.

Sobre a legal
50. Legal é aquela em que são consideradas as razões fundadas sobre a experiência civil e sobre a equidade, sendo de competência dos sábios em leis.[102]

O expositor
1. Túlio diz que a composição é chamada de legal quando o julgamento é dado com base na experiência civil — isto é, pelas razões que os cidadãos ou camponeses desenvolveram com seus hábitos e costumes — ou com base na equidade, isto é, nas leis escritas, a cujas razões a composição deve se ater. 2. Entre a judiciária e a legal, há uma diferença: a judiciária trata de coisas passadas e estabelecidas nas leis já observadas e redigidas; mas a legal se refere às coisas presentes e futuras, bem como às leis que serão escritas e costumes que serão estabelecidos. 3. Esta exige um grande esforço; pois, para prová-la e para formar novas razões e costumes, os oradores se empenham de todos os modos, alegando motivos similares ou contrários. Esse tipo de questão é tratado diante dos especialistas em leis e em costumes, mas para provar a judiciária basta afirmar apenas aquilo que ditam os costumes. 4. Após ter abordado a judiciária e a legal, Túlio falará a respeito das partes da judiciária para melhor expor o entendimento de cada capítulo da arte.

Sobre as duas partes da judiciária
51. A judiciária se divide em duas partes, que são a absoluta e a assuntiva.

---

[102] Em Brunetto, *"savi di ragione"*. Para Cícero (*De inventione* I xi [14]), a forma é *iure consulti* ("jurisconsultos").

O expositor

1. Nessa parte, Túlio diz que a questão judiciária mostrada acima possui duas partes: uma chamada de absoluta; outra, de assuntiva. Ele falará de cada uma separadamente.

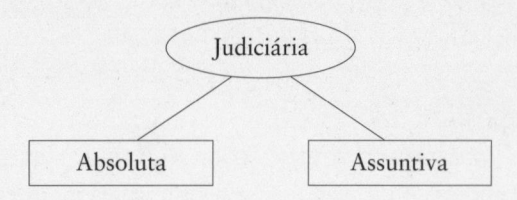

Sobre a absoluta

52. A absoluta é aquela que contém em si mesma os critérios do certo e do errado.

O expositor

1. Túlio diz que a questão judiciária é chamada de absoluta quando é livre, desimpedida e consistente em si mesma, de modo que não precisa de nenhuma adição externa para abarcar questões sobre a natureza, a relevância e a comparação do fato. Assim, é possível saber se tal fato é certo ou errado, justo ou injusto, bom ou mau, como no exemplo a seguir. 2. *Verbi gratia*: "Os tebanos agiram justa ou injustamente quando fizeram um troféu de metal como sinal de sua vitória?".[103] Certamente, o fato de terem feito um troféu de metal como sinal de vitória é consistente sem nenhuma adição externa e contém a força da prova, pois era um costume local.

Assuntiva

53. Assuntiva é aquela que por si mesma não possui ne-

---

[103] Cf. Cícero, *De inventione* II xxiii [69-70].

Brunetto Latini

nhum argumento sólido para refutar a acusação, mas busca argumentos de defesa em elementos exteriores; possui quatro partes: confissão, rejeição do crime, justificativa do crime e comparação.

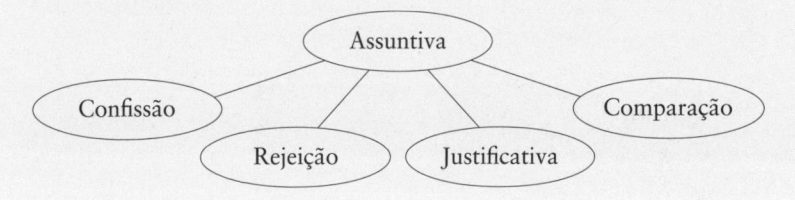

O expositor

1. Túlio diz que a composição é chamada de assuntiva quando, originando uma questão, não possui argumentos sólidos para defender alguém de um crime do qual é acusado, tendo que buscar argumentos exteriores para a defesa; como na questão de Orestes, que foi acusado de matar a mãe, ao que ele dizia ter sido por justiça. Certamente, seu discurso parecia ser algo cruel, haja vista que tais palavras não refletem, por si sós, nenhuma defesa sobre como ele teria feito isso por justiça; mas ele busca se defender a partir de um fato externo, dizendo: "Eu a matei por justiça, pois ela havia matado meu pai".[104] Assim, parece que, com tal adição, sua razão se torna consistente. 2. A questão assuntiva possui quatro partes, as quais o texto abordará, individualmente, de modo perfeito.

Sobre a confissão

54. Contar, ou confessar, ocorre quando o acusado não defende aquilo que fez, mas pede para que lhe seja perdoado; esta se divide em duas partes: desculpa e apelo.

[104] *Idem, ibidem*, I xiii [18].

O expositor

1. Depois de Túlio ter exposto a questão assuntiva, além de suas quatro partes, falará de cada uma para que sua situação jurídica fique mais clara. 2. Em primeiro lugar, diz o que é confessar, mostrando que a composição chamada de confissão se dá quando o acusado expõe o pecado e confessa tê-lo cometido, mas pede que lhe seja perdoado. Isso pode se dar de duas maneiras: por desculpa e por apelo, de modo que Túlio falará de cada uma separadamente; em primeiro lugar, da desculpa.

Sobre a desculpa

55. *Desculpa é quando o acusado confessa o fato, mas se exime da culpa; possui três partes: a ignorância, o acaso e a necessidade.*

O expositor

1. Túlio diz que a confissão ocorre por desculpa quando o acusado confessa, mas se exime da culpa, dizendo não ser responsável pelo fato; isso pode se dar de três modos, o primeiro dos quais é a ignorância, isto é, por não saber. 2. *Verbi gratia*: mercadores florentinos viajavam em um navio para atravessar o mar. Recaiu sobre eles uma cruel mudança de tempo que os colocou em uma perigosa situação, devido à qual eles concordaram que, se escapassem e chegassem com vida a um porto, ofereceriam seus pertences em adoração ao deus local. Por fim, chegaram a um porto onde Maomé era tido como deus, de modo que esses mercadores lhe prestaram adorações e lhe fizeram uma grande oferenda. Mas fo-

ram acusados de terem agido contra a lei, o que confessaram alegando ignorância, isto é, que não sabiam, pedindo para que isso lhes fosse perdoado. Houve, portanto, uma questão sobre se deveriam ou não ser punidos. 3. O segundo modo é o acaso, quando ocorre um impedimento que não permite que seja feito aquilo que deve ser feito. *Verbi gratia*: um mercador de Cahors havia tomado um empréstimo em dinheiro junto a um francês, a quem deveria pagar em Paris, em determinado momento e sob determinada pena em caso de falta. Mas aconteceu de o devedor, trazendo consigo o dinheiro, ter encontrado o rio Ródano tão cheio que não pôde passá-lo, sem poder chegar ao local no prazo determinado. Assim, aquele que deveria receber exigia uma pena; e o outro confessava que havia falhado com o prazo, mas não por sua culpa e sim pelo acaso, que havia impedido sua viagem. Por isso, ele dizia que não deveria pagar pela pena, dando origem a uma questão a esse respeito, se deveria ou não pagar. 4. O terceiro modo é a necessidade, quando convém que seja de um jeito sem que se possa fazer de outro. *Verbi gratia*: havia um estatuto em Constantinopla que estipulava o confisco geral a qualquer navio veneziano que atracasse em seu porto; confisco em benefício do imperador, tanto dos pertences quanto da própria embarcação. Mas, aconteceu de mercadores genoveses terem alugado uma embarcação de Veneza e viajado com um grande carregamento. Pelo ímpeto do tempo e pela força dos ventos, contra os quais não podiam lutar, atracaram naquele porto e tudo foi confiscado. Os mercadores confessaram ser o navio veneziano, mas chegaram naquele porto apenas por necessidade, pedindo para que não lhes fossem confiscados os bens; e disso se originou uma questão, se deveriam ou não perder tudo. Do outro lado, os venezianos, a quem pertencia o navio, pediam que esse lhes fosse entregue, ou algo equivalente; mas os mercadores diziam que o ressarcimento não deveria ser pedido, porque eles haviam atracado naquele porto apenas por necessidade, e não por vontade.[105] 5. Como Túlio já falou da desculpa e de suas partes, falará sobre o apelo.

Sobre o apelo
56. *Apelo é quando o acusado confessa ter cometido um crime e confessa tê-lo feito de caso pensado; mas pede que lhe seja perdoado, o que é muito raro acontecer.*

O expositor
1. Túlio mostra, nessa pequena parte do texto, o que na arte retórica é chamado de apelo. Diz, então, ser apelo quando o acusado confessa e afirma ter cometido o crime do qual é acusado, reconhecendo que o fez de caso pensado; mas, apesar disso, pede perdão. 2. Donde se percebe que esse apelo pode ser de dois tipos, sincero ou dissimulado. *Verbi gratia*: o apelo sincero é quando o acusado diz "eu confesso ter cometido tal ato, mas rogo que vocês me perdoem pelo amor e pela reverência a Deus". O apelo dissimulado é deste modo: "Eu confesso ter cometido tal ato e não peço que vocês me perdoem por ele; mas, se vocês refletirem sobre o bem e sobre a honra que isso trouxe à comuna, seria muito digno que me fosse perdoado". 3. Mas como disse Túlio, esse apelo é muito raro, em especial diante de juízes que se submetem às leis e não têm o poder de perdoar. Algumas vezes, o imperador ou o senado podem perdoar crimes graves, assim como podiam os anciãos do povo de Florença, que detinham o poder de condenar ou de relevar de acordo com suas opi-

[105] Os três exemplos parecem ter sido adaptados por Brunetto à sua própria realidade histórica e política a partir de trechos não traduzidos do *De inventione* (II xxxi-ii [95-8]). Cf. Francesco Maggini, *La "Rettorica" italiana di Brunetto Latini*, *op. cit.*, pp. 29-30.

niões.[106] 4. Como Túlio já falou sobre a primeira parte da composição assuntiva — isto é, da confissão e o que é confessar —, assim como de suas duas formas, a desculpa e o apelo, falará da segunda parte, a rejeição do crime.

Sobre a rejeição

57. Rejeitar o crime se dá quando o acusado se empenha em afastá-lo de si e de sua responsabilidade, atribuindo-o a outra pessoa devido à força e ao poder desta sobre si. Isso pode ser feito de dois modos: atribuir a culpa ou atribuir o fato a outra pessoa. Na verdade, a culpa e a motivação são atribuídas a alguém quando se diz que tal ato foi cometido pela força e pelo poder de tal pessoa sobre outra. Já o fato é atribuído a outra pessoa quando essa teria mais motivos ou capacidade de realizá-lo.

O expositor

1. Nessa passagem, Túlio diz o que é rejeitar um crime e como isso pode ser feito, como neste caso: uma pessoa é acusada de uma má ação; mas, para atuar em sua própria defesa, recusa o fato e o atribui a outra pessoa; ou diz que o cometeu, mas sob as ordens de alguém que exercia poder e domínio sobre ele. Túlio diz que essa rejeição da responsa-

---

[106] O próprio Brunetto haveria de se manifestar com destaque nesse "Conselho dos anciãos" em algumas dezenas de ocasiões entre 1282 e 1294 (ano de sua morte), como atestam os documentos levantados por Isidoro Del Lungo em apêndice ao livro de Thor Sundby (*Della vita e delle opere di Brunetto Latini*, *op. cit.*, pp. 215-77). Cf. a Apresentação a esta edição.

bilidade pode ocorrer de duas formas: quando a culpa e o motivo são atribuídos a outra pessoa, ou quando o fato é atribuído a outra pessoa. 2. Certamente, a culpa e o motivo são atribuídos a outra pessoa quando o acusado diz que cometeu tal crime por culpa de alguém que sobre ele exerce força e domínio. *Verbi gratia*: a comuna de Florença elegeu embaixadores, sendo-lhes ordenado ir imediatamente até o papa para que ele impedisse a passagem de cavaleiros que vinham da Sicília até a Toscana para atacar Florença; mas antes era necessário que pegassem, com o camerlengo, uma quantia de dinheiro para as despesas da viagem. Esses embaixadores pediram o pagamento e o senhor não lhes permitiu que fosse feito, e o próprio camerlengo negou o dinheiro. Desse modo, os embaixadores não foram e os cavaleiros vieram. Os embaixadores foram acusados pelo ocorrido, mas rejeitaram a culpa e a causa, atribuindo-as ao papa e ao camerlengo, que possuíam a força e o poder, mas não fizeram o pagamento.[107] 3. Atribuir o fato a outra pessoa é quando o acusado diz não ter cometido o ato por não ter motivo para fazê-lo, não tendo também a culpa. Mas diz que outra pessoa o cometeu, sendo dela o motivo e a culpa; para isso, mostra que aquela a quem atribui a culpa teria motivos e poderia cometer o mal. *Verbi gratia*: Catão e Catilina estavam indo de Roma a Rieti e encontraram um parente de Catão — de quem Catilina era inimigo por conta da conspiração de Roma — e Catilina o mata no meio da rua. Catão não possuía meios para defendê-lo pois estava doente, mas permaneceu junto ao corpo para solicitar que fosse sepultado; já Catilina fugiu muito rápido e secretamente para outro lugar. Nesse meio-tempo, as pessoas que passavam por ali encontraram o recém-morto e Catão junto dele, sendo a Catão atribuídos o crime e a culpa daquela morte. Mas ele, em sua de-

---

[107] Cf. Cícero, *De inventione* II xxix [87]. Cf. *Retórica* 55, 4 (nota).

fesa, rejeitou a culpa, dizendo que não havia cometido e não poderia ter cometido o ato por se tratar de um parente; além do mais, ele não poderia ter cometido o ato por estar doente. Assim, atribuiu o fato e a culpa a Catilina, porque ele, como inimigo, tinha motivos e poderia fazê-lo por estar saudável e forte, além de ser mau-caráter.[108] 4. Após Túlio ter mostrado como se rejeita o crime, ensinará, em outra parte, a justificá-lo.

Túlio diz o que é justificar o crime

58. Justificar o crime é quando se diz ter sido cometido por determinadas razões, pois antes alguém havia cometido uma injúria contra o acusado.

O expositor

1. Túlio diz que justificar o crime é, portanto, quando o acusado diz ter tido razões para fazer aquilo de que é acusado; pois, se antes havia sido feita uma injúria contra ele, é um direito seu proceder com vingança. É o que se vê no exemplo de Orestes, que foi acusado da morte de sua mãe; mas ele se defendeu dizendo que a matou por justiça, pois antes ela havia cometido uma injúria contra ele, isto é, matado seu pai. A partir disso, é estabelecida a questão sobre se Orestes tinha ou não razões para fazê-lo. 2. E depois de Túlio ter mostrado como se justifica o crime, ensinará o que é comparação.

---

[108] Francesco Maggini (*La "Rettorica" italiana di Brunetto Latini, op. cit.*, p. 39) observa a inverossimilhança e a ingenuidade do que é narrado. Para o estudioso, até que se comprove a origem do passo em alguma outra fonte, Brunetto inventou a narrativa pela necessidade de juntar um modelo de mau-caratismo a um representante da honestidade acusado injustamente, usando as duas personagens salustianas para ilustrar a situação jurídica apresentada.

Túlio diz o que é comparação

59. *Comparação é quando um fato é referido como justo e útil, dizendo que aquilo de que somos acusados foi cometido para que o outro ato pudesse ser realizado.*

O expositor

1. Nesse ponto, Túlio diz que a questão é chamada de comparação quando o acusado diz que cometeu o crime de que é acusado a fim de poder realizar outro ato útil e justo. *Verbi gratia*: Marco Túlio, estando no mais alto cargo de Roma, ouviu que se estabelecia uma conspiração em detrimento da comuna, mas não tinha como saber quem eram os responsáveis e nem como operavam. Assim, subornou com uma grande quantidade de bens públicos uma mulher chamada Fúlvia, amante de Quinto Cúrio, que sabia do conluio; por ela, descobriu e soube de todas as coisas tão rapidamente que pôde defender a cidade e a comuna da mais alta traição.[109] 2. Mas, por fim, foi repreendido por ter feito mal uso dos recursos de Roma. Em sua defesa, ele argumentou ter feito aquelas despesas para um fato maior, útil e justo, salvando sua terra de tamanha destruição. Tal resultado não teria sido alcançado sem aquela despesa; e, assim, demonstrou que o fato pelo qual foi repreendido havia sido feito pelo bem. 3. Depois de Túlio ter falado sobre as quatro partes da composição assuntiva — que por sua vez é parte da judiciária, como dito antes na abordagem sobre a composição do gênero —, ele acrescentará brevemente coisas sobre a questão translativa, da qual já falou bastante acima, mas abordando o que não foi tocado naquele lugar.

[109] Cf. Salústio, *De coniuratione Catilinae* XXVI ss.

Como Hermágoras foi o inventor da questão translativa

60. *A quarta questão, chamada por nós de translativa, se refere a quem deve conduzir a controvérsia da questão, contra quem, com quem, de que modo, diante de quem, por qual razão e em que momento; sem dúvida, ainda há a controvérsia que busca modificar ou enfraquecer a ação. Acredita-se que Hermágoras foi o inventor desse tipo de composição; não porque muitos antigos oradores não a usassem com frequência, mas porque os autores da retórica não acreditavam que ela estivesse entre as principais e não a incluíram no elenco das composições. Depois de ter sido identificada por ele, muitos a criticaram, os quais parecem ter faltado não apenas com a prudência, mas é evidente que estavam cegos pela inveja e pela malícia.*

O expositor

1. O texto de Túlio é por si só evidente, especificamente porque a questão, ou composição translativa, foi exaustivamente abordada em outra parte deste livro, com inúmeros exemplos que demonstram como alterar a questão quando quem a move não é quem deveria, ou contra quem deveria, ou diante de quem deveria, ou com a lei com que deveria, ou no momento em que deveria. 2. Em suma, na questão translativa, é necessário que sempre haja duas coisas para mudar a ação completamente, como no exemplo já citado daquele que responde a seu adversário: "Não lhe darei satisfação disso, nem agora, nem nunca", anulando a ação de seu adversário; ou, para enfraquecê-la, apenas parcialmente, como se vê no exemplo daquele que responde a seu adversário "Eu lhe darei satisfação desse fato, mas não agora", ou "não diante dessas pessoas". 3. Túlio diz que Hermágoras foi o inventor da composição translativa por tê-la incluído na abordagem sobre as quatro composições, assim como foi dito. Isso foi criticado por alguns que não eram propriamente sá-

bios, mas invejosos por se referirem a ele com calúnia. Note-se que a inveja é um tipo de dor pelo bem de outra pessoa, e a calúnia é o falar mal de outra pessoa.

Túlio diz que, mais adiante, dará exemplos de cada tipo de composição

61. [cap. XII] Já expusemos as composições e suas partes, mas os exemplos de cada uma delas farão com que possamos distinguir melhor quando formos abordar seus assuntos; nesse sentido, a exposição teórica será, então, mais clara quando puder ser acompanhada sucessivamente do gênero e da causa.

O expositor

1. Túlio, ao querer ilustrar o plano de seu livro, repete brevemente o que havia dito antes, dizendo já ter demonstrado quais são as composições e suas partes; mas, em outro lugar, dará exemplos para cada um dos gêneros de causas, isto é, para o deliberativo, para o demonstrativo e para o judiciário, quando o livro tratar da natureza de cada um. E o tratado se afasta disso para voltar a abordar, de acordo com a ordem do livro, o ensino da arte.

Dos tipos de causas simples e compostas

62. Depois de identificar a composição da causa, devemos imediatamente considerar se a causa é simples ou composta. Se for composta, é necessário considerar se é composta por mais controvérsias ou por alguma comparação.

O expositor

1. Junto ao ponto em que ensinou a identificar as composições e suas partes, Túlio quer mostrar como é a causa quando simples (formada apenas de um fato), e como é quando composta (formada de dois ou mais fatos), além daquela

que se forma por uma comparação; ele dá exemplo de cada uma delas, deste modo:

Sobre a simples
63. Simples é a causa que contém em si uma questão absoluta, deste modo: "Declararemos guerra aos habitantes de Corinto, ou não?".

O expositor
1. Túlio diz que a causa é simples quando formada apenas de um fato, sendo constituída apenas de uma questão. *Verbi gratia*: a cidade de Corinto não estava obedecendo Roma, donde os cônsules de Roma se reuniram em um conselho para decidir se mandariam ou não um exército para iniciar uma batalha contra ela. Assim, vê-se que a causa simples é feita apenas sobre uma questão de sim ou de não.

Sobre a causa composta
64. A causa é composta de mais questões quando exige várias coisas, deste modo: "Cartago deve ser destruída, deve ser devolvida aos cartagineses, ou deve ser reconstruída em outro lugar?".[110]

O expositor
1. Após falar da causa simples, Túlio expõe a composta, dizendo que esta se caracteriza quando contém duas, três, quatro ou mais questões. *Verbi gratia*: os romanos venceram a cidade de Cartago pela força das armas, e houve alguns que diziam que, depois de tudo, a cidade deveria ser devastada;

---

[110] A compreensão de Brunetto se mostra equivocada neste passo da tradução ao texto de Cícero, que dita *"utrum Cartago diruatur an Carthaginiensibus reddatur an eo colonia deducatur"* ("Cartago será destruída, devolvida aos cartagineses, ou ali será fundada uma colônia?").

outros diziam que a cidade deveria ser devolvida aos homens daquela terra; e outros, ainda, que a cidade deveria ser transferida de lugar, devendo os habitantes residir em outra parte. Assim, é possível ver que tal causa é composta pelas três questões mencionadas.

Sobre a causa composta que envolve comparação

65. Há comparação quando a controvérsia se estabelece questionando sobre o que é melhor e sobre o que é preferível fazer, deste modo: "Devemos mandar um exército para a Macedônia, como ajuda aos companheiros e contra Filipe; ou devemos mantê-lo na Itália, para dispor de mais pessoas contra Aníbal?".

O expositor

1. Após falar da causa composta de várias questões, Túlio expõe aquela formada pela comparação de duas, três, quatro ou mais coisas, na qual se considera qual seria a melhor; e se todas são boas, mas uma melhor que outra, qual seria a preferível, a soberana entre todas as coisas. 2. *Verbi gratia*: os romanos haviam mandado um exército à Macedônia contra Filipe, rei daquele país, ao mesmo tempo que aguardavam pela guerra contra Aníbal, que vinha com um exército contra eles. Por isso, alguns sábios de Roma diziam que o melhor a fazer era mandar homens à Macedônia para se juntarem ao exército que já se encontrava naquele território; outros diziam que o mais sensato seria manter esses homens na Itália para reunir um enorme exército contra Aníbal. Assim, discutia-se sobre a melhor posição e sobre a preferível: manter os homens ou enviá-los.

Sobre a controvérsia escrita ou argumentativa

66. É necessário ainda pensar se a controvérsia é fundada sobre um dado escrito ou sobre uma argumentação.

Brunetto Latini

O expositor

1. Após ter demonstrado como é a causa simples, a composta e a comparativa, Túlio explica que tipo de controvérsia se dá a partir de palavras escritas, bem como que tipo se dá a partir da argumentação, isto é, com a exposição de palavras que não foram escritas. Assim, Túlio indica pela retórica o que se deve dizer em cada ponto de qualquer uma das causas que podem se apresentar; para isso, falará propriamente da escrita e da argumentação em momentos diferentes, deste modo:

Sobre a controvérsia originada de palavras escritas

67. *A controvérsia fundada sobre um dado escrito tem origem no sentido do texto.* [cap. XIII] *Existem cinco maneiras de isso ocorrer, que são diferentes das composições: às vezes parece que as palavras discordam do pensamento do escritor; às vezes parece que duas leis se contradizem; às vezes parece que aquilo que está escrito significa duas ou mais coisas; às vezes parece que aquilo que está escrito dá margem para se inventar o que não está escrito; às vezes parece que o sentido da palavra é questionado, principalmente em uma composição definitiva. Por isso, denominamos a primeira dessas maneiras como "escrita e pensamento"; a segunda, de "contradição entre leis"; a terceira, de "ambiguidade"; a quarta, de "analogia"; a quinta, de "definição".*

O expositor

1. Depois de ter mostrado no que consiste uma causa quando formada por um ou mais fatos, Túlio passa imediatamente a mostrar que tipo de controvérsia se dá na escrita e na argumentação. Em primeiro lugar, fala daquela que se apresenta na escrita, o que pode ocorrer de cinco modos. 2. O primeiro modo é chamado de "escrita e pensamento",

quando as palavras escritas não parecem combinar com o pensamento daquele que as escreveu. *Verbi gratia*: havia uma lei na cidade de Lucca, que ditava tais palavras: "Quem quer que abra a porta da cidade à noite, em tempo de guerra, pagará com a cabeça". Mas, um cavaleiro abriu a porta da cidade para abrigar outros cavaleiros e soldados que vinham em apoio a Lucca, e por isso foi acusado segundo a lei escrita, devendo ter a cabeça decepada. O acusado se defendeu dizendo que o pensamento e a compreensão daquele que redigiu a lei foi de que deveria ser punido quem abrisse a porta para o mal da cidade; assim, entende-se que as palavras escritas não estão de acordo com o pensamento do escritor, originando uma questão entre eles a respeito do que deve ser considerado: a escrita ou o pensamento.[111] 3. A segunda maneira é chamada de "contradição entre leis", quando se entende que duas ou mais leis estão em desacordo entre si. *Verbi gratia*: havia uma lei que dizia que quem matasse um tal tirano poderia receber a recompensa que quisesse do senado. Note-se que é chamado de tirano aquele que sujeita outras pessoas a seu poder pela força de seu corpo, de seus bens, ou de seus subordinados. Outra lei dizia que, morto um tirano, cinco de seus parentes mais próximos deveriam também ser mortos. Acontece que uma mulher matou seu marido, que era um tirano, e pediu ao senado como recompensa a vida de seu filho: a primeira lei concedia que isso fosse permitido, mas a outra exigia que o filho fosse morto. Desse modo, havia uma contradição entre as duas leis, e a partir disso se originou uma questão sobre se o filho da mulher deveria ser salvo ou deveria ser morto.[112] 4. A terceira maneira é chamada

[111] Cf. Cícero, *De inventione* II xlii [123]. Apesar de não ser mencionado o nome da cidade na obra ciceroniana, Brunetto opta por chamá-la de Lucca, como sua cidade vizinha da Toscana.

[112] Cf. Cícero, *De inventione* II xlix [144]. Como na referência de

de "ambiguidade", quando parece que aquilo que está escrito significa duas ou mais coisas. *Verbi gratia*: Alexandre fez um testamento em que dizia: "ordeno que meu herdeiro dê a Cassandro cem vasos de ouro, quais ele quiser". Após sua morte, Cassandro chega para pedir os cem vasos de sua escolha. Mas o herdeiro diz: "Eu devo te dar aqueles que eu quiser". As palavras "quais ele quiser" escritas no testamento são ambíguas para a compreensão daquilo que Alexandre havia dito, fazendo surgir uma questão entre os dois.[113] 5. A quarta maneira é chamada de "analogia", pois a partir daquilo que está escrito é possível inventar e extrair o que não está escrito. *Verbi gratia*: Marcelo entrou na igreja de São Pedro, em Roma, quebrou o crucifixo e destruiu as imagens lá de dentro. Ele foi acusado do crime, mas não havia nenhuma lei escrita a esse respeito; por outro lado, não era conveniente que permanecesse sem ser punido. Por isso, seu adversário extraiu de outras leis, de maneira racional, a punição conveniente a Marcelo. 6. A quinta maneira é chamada de "definição", pois parece possível questionar o sentido de uma palavra escrita, sendo necessário que tal palavra seja definida para se dizer o que se compreende por ela. *Verbi gratia*: uma lei diz que "se o comandante de uma embarcação a abandona pelas intempéries do tempo, mas outro se põe a comandá-la e a salva, a embarcação deve ser sua". E aconteceu de um navio ir de Pisa a Túnis, encontrando uma forte tempestade no mar já perto do porto. O comandante, então,

Brunetto está explícito o nome do tirano Alexandre de Feras (Tessália), Francesco Maggini (*La "Rettorica" italiana di Brunetto Latini, op. cit.*, p. 30) acredita que Brunetto o tenha omitido para que não fosse confundido com seu famoso homônimo Alexandre, o Grande.

[113] Cf. Cícero, *De inventione* II xl [116]. Mais uma vez, Brunetto opta por dar nome a uma referência anônima de Cícero. E cf. *Retórica 55*, 4 (nota).

saiu do navio e entrou em um pequeno barco, mas um homem que estava doente permaneceu embarcado e ficou tanto tempo lá dentro que o mar voltou à calmaria, tendo ele conduzido o navio à doca. Por isso, dizia que o navio era seu, de acordo com a lei, pois o comandante o havia abandonado e ele o havia salvado. O comandante dizia, no entanto, que o fato de ter entrado no pequeno barco não caracterizava o abandono do navio, fazendo surgir uma questão entre eles a respeito do que seria propriamente abandono. E, para conhecer o significado dessa palavra, era necessário definir e indicar o entendimento sobre ela.[114] 7. Tendo Túlio falado sobre a controvérsia na escrita, falará sobre a controvérsia presente na argumentação.

Sobre a controvérsia originária da argumentação
68. *Argumentação é quando toda a questão se baseia na fala, e não na escrita.*

O expositor
1. A controvérsia argumentativa é quando não é considerado nada daquilo que esteja escrito, mas apenas raciocínios e provas que independam do texto para mostrar como a questão deve ser. *Verbi gratia*: Anibaldo diz que a Itália é um país melhor que a França, mas Lodoigo diz que não. Isso faz surgir uma questão entre eles, para a qual é necessário

---

[114] Cf. Cícero, *De inventione* II li [153-4]. Cf. [Pseudo-Cícero] *Retórica a Herênio* I 11 (19). Nas duas prováveis fontes de Brunetto, não há menção ao lugar do ocorrido. Mas o expositor completa a informação com duas cidades que naquele momento histórico possuíam acordos comerciais e haviam firmado (em 1264) um tratado de paz e auxílio mútuo em caso de naufrágios (cf. Francesco Maggini, *La "Rettorica" italiana di Brunetto Latini*, *op. cit.*, pp. 31-2). E cf. *Retórica 55*, 4 (nota).

trazer argumentos orais que demonstrem o necessário; nada por escrito, pois não há leis e nem textos a esse respeito.

Sobre as quatro partes da causa

69. *Portanto, tendo sido considerado o gênero da causa, tendo sido conhecida a composição (e entendido quando é de tipo simples ou composto) e tendo sido visto como a controvérsia pode ser fundada sobre a escrita ou sobre a argumentação, deve-se agora examinar o que é questão, o que é razão, o que é ponto a ser julgado e o que é proposição. E todos esses elementos devem provir necessariamente da composição.*

O expositor

1. Após ter ensinado quais são os gêneros das causas (o demonstrativo, o deliberativo e o judiciário), após ter exposto como é a composição (de tipo conjectural, definitivo, translativo ou legal), após ter explicado como é a simples e como é a composta (quando contém em si apenas uma questão, ou mais), após ter mostrado qual controvérsia se dá a partir do que está escrito e qual se dá a partir da argumentação — e tendo o expositor abordado e glosado de maneira satisfatória todos esses ensinamentos — Túlio, então, continua aqui a demonstrar claramente o que é "questão", o que é "razão", o que é "ponto a ser julgado" e o que é "proposição". Tais coisas devem nascer e ter origem na composição, o que significa que a composição é seu começo.

Sobre a questão

70. *Questão é uma controvérsia gerada pelo conflito em relação aos motivos, como por exemplo: "Você não tinha o direito de fazer tal coisa" contra "Eu tinha, sim, o direito fazer tal coisa". Nesse conflito de causas reside a composição, de onde se origina a controvérsia que chamamos de questão,*

a qual pode ser resumida em: "Tinha ou não o direito de fazer tal coisa".

O expositor

1. No texto exposto acima, Túlio ensina a conhecer e saber o que é "questão", dizendo ser aquilo que deve ser considerado em relação ao que as partes debatem e o que gera contradição entre elas, ou seja, aquilo de que um acusa e outro se defende. *Verbi gratia*: a parte que acusa diz: "Você não tinha o direito de pegar meu cavalo"; e a parte que se defende responde: "Sim, eu tinha o direito". Portanto, a causa está colocada, com uma parte acusando e outra defendendo, sendo chamada de composição. 2. Mas é necessário saber se o acusado tinha ou não o direito, e isso é o que Túlio chama de questão. Podemos, então, entender que a causa está começada e colocada quando as partes já se pronunciaram, tendo o acusador se colocado contra seu adversário e o acusado respondido, negando ou confessando; mas, até esse ponto, é chamada de composição. A partir daqui, se o acusado nega ou se defende, é necessário saber se sua defesa está ou não correta; isto é, quando diz "eu tinha o direito", é necessário saber se ele tinha mesmo o direito, ou não, de fazer o que fez, e isso é chamado de questão. 3. Por isso, de nada vale a defesa do acusado se ele diz simplesmente "eu tinha o direito", sem mostrar qual é sua razão, termo que Túlio definirá em seguida.

Sobre a razão

71. *Razão é aquilo que fundamenta a causa; se eliminada, não permanece nenhum motivo para controvérsia. Para uma maior clareza didática, mostraremos um exemplo fácil e evidente: se Orestes fosse acusado de matricídio e não dissesse "Eu tinha o direito de fazê-lo, pois aquela mulher matou meu pai", ele não teria defesa. Se eliminada a razão, es-*

taria eliminada também a controvérsia. Portanto, a razão dessa causa é que sua mãe matou Agamêmnon.

O expositor
1. Como aparece no texto de Túlio, razão é aquilo que sustenta a causa, de tal modo que se uma pessoa não indica e mostra a razão de sua causa não haverá controvérsia, sem que possa haver defesa; assim, a causa do adversário será sólida e não haverá discussão. 2. *Verbi gratia*: é verdade que a mãe de Orestes matou Agamêmnon, seu marido e pai de Orestes; por isso, Orestes, motivado pela dor, cometeu um matricídio, isto é, matou a mãe. Ele foi acusado desse crime e o confessa, dizendo ter tido uma razão. Mas se ele não diz o porquê e como, sua defesa não vale de nada; e se sua defesa não vale de nada, não há controvérsia e nem questão. 3. Mas se diz assim: "Eu tinha o direito, pois ela matou meu pai", sua causa é mantida e sua defesa, válida, por ele ter mostrado a razão e o motivo de ter cometido o matricídio. Após ter exposto o que é questão e razão, Túlio mostrará o que é um ponto a ser julgado.

Sobre o ponto a ser julgado
72. *Ponto a ser julgado é a controvérsia que nasce da fraqueza e da confirmação de determinada razão. Para isso, usemos o mesmo exemplo que acabamos de lembrar: "Ela tinha matado meu pai". "Mas", dirá o sábio, "sua mãe não deveria ter sido morta por você, que é filho dela; o crime dela poderia ter sido punido sem sua perversa participação."* [cap. XIV] *Dessa crítica da razão nasce uma importante controvérsia que chamamos de ponto a ser julgado, devendo-se indagar, nesse caso, se é certo que Orestes tenha matado a mãe pelo fato de ela ter matado seu pai.*

O expositor

1. Túlio havia dito e indicado o que é razão; e como da razão se origina o ponto a ser julgado, ele o aborda para mostrar como, quando e onde isso pode se dar. *Verbi gratia*: o acusado indica a razão pela qual cometeu o ato e nela confirma sua defesa. O acusador rebate essa defesa e enfraquece a razão do acusado. Estando de um lado quem confirma seu argumento e reforça sua defesa e, de outro, quem a refuta e a enfraquece, acaba por nascer uma questão chamada de ponto a ser julgado; quando isso estiver esclarecido, a questão poderá ser julgada. 2. Para isso, tomemos o mesmo exemplo de antes: Orestes indica a razão pela qual matou sua mãe, Clitemnestra (ela havia matado Agamêmnon), o que confirma sua defesa. Mas seu adversário o refuta: "Você não deveria tê-la punido, pois não cabia a você fazer tal coisa. Outras pessoas poderiam e deveriam tê-la punido, sem sua perversidade, sem o feito cruel de um filho matar a mãe". Assim, ele enfraquece a razão de Orestes e o coloca em uma situação de abominável vergonha. É a partir da confirmação ou do enfraquecimento da razão apresentada que se origina a questão chamada de ponto a ser julgado, sendo aquela que será deliberada. 3. Tendo Túlio dito o que é questão, o que é razão e o que é ponto a ser julgado, dirá o que é proposição.

Sobre a proposição

73. *Proposição é o argumento mais sólido e bem colocado pela defesa, como se Orestes dissesse que a animosidade de sua mãe perante seu pai era a mesma que tinha perante ele, suas irmãs, o reino e o alto prestígio de sua descendência e de sua família, de modo que seus filhos precisavam lhe aplicar a pena de qualquer jeito.*

O expositor

1. Depois de ter mostrado o que é questão, o que é ra-

zão e o que é ponto a ser julgado, Túlio fala sobre a proposição. Seu ensinamento é posto numa ótima sequência, pois, em primeiro lugar, a questão se estabelece entre as partes sobre um fato de que alguém é acusado — dizendo-se ter ele agido mal e sem o direito para tanto —, bem como gerando sua defesa a esses pontos. Disso se origina a questão, para saber se esse alguém fez realmente o mal e se tinha ou não o direito de fazê-lo. Em seguida, o acusado apresenta o motivo pelo qual acredita ter o direito de cometer tal ato, e isso é chamado de razão. Após o acusado ter mostrado sua razão, seu adversário a refuta, enfraquecendo aquilo que o acusado usa para solidificar seu motivo, o que é chamado de ponto a ser julgado.

Proposição

2. Estando colocada a questão do julgamento, convém que o acusado apresente seu mais sólido argumento contra o ponto a ser julgado. *Verbi gratia*: Orestes diz que matou a mãe porque ela havia matado seu pai, indicando a razão de seu crime; seu adversário, estabelecendo um ponto a ser julgado, diz que não cabia a ele tal coisa, mas a outra pessoa, enfraquecendo sua razão. 3. Convém, então, que Orestes apresente argumentos fortes, dizendo: "Da mesma maneira como ela matou meu pai, ela havia concebido matar a mim e minhas irmãs — que ela havia gerado de seu corpo —, bem como destruir nosso reino, diminuir a alteza de nosso sangue e colocar em perigo nossa família". Ele reúne nesses argumentos as mais sólidas defesas de sua razão contra o ponto a ser julgado, dizendo: "Tendo ela cometido um crime de tamanho desespero, e tendo pensado em cometer tamanha crueldade, foi, em suma, necessário que seus próprios filhos lhe tivessem aplicado tal pena, e não outros". Esses são os mais sólidos argumentos em que mostra como o ato da mãe foi cruel, soberbo e malicioso. 4. Note-se que o fato é cha-

mado de soberbo quando alguém o realiza contra um superior, como o que ela fez matando o rei Agamêmnon; de cruel, quando o realiza contra os parentes, como o que ela fez contra a família; de malicioso, quando incomum, pois é contra o costume natural que uma mulher mate seu marido, seus filhos e destrua um alto reino. 5. Assim, são chamados de proposição os mais sólidos argumentos que o acusado coloca diante de seu acusador para confirmar suas razões e evitar seu enfraquecimento.

Em qual composição não há ponto a ser julgado

74. *Nas outras composições, encontram-se certamente pontos a serem julgados desse mesmo tipo. Mas na composição conjectural, por não ser dada uma razão (pois o fato não é admitido), o ponto a ser julgado não pode nascer da contestação da razão; por isso, nesse caso, a questão é o mesmo que o ponto a ser julgado: "Foi feito; não foi feito; talvez tenha sido feito". Para dizer a verdade, a quantidade de composições e de suas partes presentes em uma causa será a mesma de questões, de razões, de pontos a serem julgados e de proposições.*

O expositor

1. Nessa parte do texto, Túlio diz que, assim como já havia mencionado anteriormente, é possível encontrar um ponto a ser julgado em qualquer composição; mas na composição conjectural, da qual muito se tratou acima, como o acusado não indica nenhuma razão, chegando até mesmo a negar o crime, não pode se originar um ponto a ser julgado. 2. *Verbi gratia*: alguém acusou Ulisses de ter matado Ájax, mas Ulisses diz: "Eu não fiz isso", negando o fato do qual é acusado. Portanto, não é necessário que indique uma razão sobre sua negação. E como não indica nenhuma razão, seu adversário não precisa enfraquecer sua razão. Nesse caso,

não haverá ponto a ser julgado; por isso, nessas composições conjecturais é necessário que a questão e o ponto a ser julgado sejam a mesma coisa. Porque se o acusador disser "Você matou", e Ulisses disser "Não matei", a questão e o ponto a ser julgado serão sobre o mesmo fato, ou seja, se matou ou não. 3. Depois, Túlio diz que as questões, as razões, os pontos a serem julgados e as proposições estarão presentes na mesma quantidade das composições existentes em uma causa.

Sobre as outras partes da causa

75. *Tendo sido observadas todas essas coisas, devemos agora considerar individualmente cada uma das partes da causa. Para dizer a verdade, não se deve pensar, como primeira coisa, naquilo para que se quer chamar principalmente a atenção; por isso, se quisermos que as primeiras coisas mencionadas estejam fortemente ligadas e coerentes com a causa, devemos recuperá-las a partir daquilo que diremos depois.*

O expositor

1. Túlio afirma que — como o orador conhece bem a causa e já compreendeu aquilo que ele expôs ao longo do livro até aqui — quando uma causa é colocada antes daquela tida como principal, o bom orador, antes de começar, deve pensar com muita diligência e considerar em sua mente todas juntas as partes de sua causa, sem divisão. Pois se ele pensasse de início apenas naquilo que convém colocar no início, sem pensar no que deve dizer depois, sem dúvida seu começo discordaria do meio; e o meio, do fim. 2. Mas quem escolhe bem suas palavras em concordância com a natureza das causas, pensando bem no que se deve dizer no começo e na continuação, certamente fará um começo que originará um meio e um fim ordenados. Desse mesmo modo age o tecelão,

que não pensa apenas na lã, mas considera todo o tecido já composto antes de começar a tecê-lo: ele precisa ter a lã, a cor e a medida do tecido, começando a produzi-lo apenas após ter providenciado todas essas coisas.

Sobre as seis partes do discurso

76. *Desse modo, quando o ponto a ser julgado e os argumentos necessários para sustentá-lo tiverem sido diligentemente encontrados de acordo com a arte retórica — além de tratados com cuidado e meditação —, será necessário ainda ordenar as outras partes do discurso, que nos parecem ser seis: exórdio, narração, partição, confirmação, refutação e conclusão.*

O expositor

1. Após ter mostrado de modo satisfatório a boa organização das causas e ter aconselhado que o bom orador reflita sobre todas as suas partes para organizar o meio e o fim de seu discurso em relação ao começo, fazendo com que uma palavra surja a partir de outra, Túlio diz que, tendo tudo isso sido feito, o ponto a ser julgado e as outras coisas necessárias foram estabelecidos de acordo com as regras da retórica (as quais precisam ser consideradas com muito estudo e deliberação). Mas, além disso, é preciso pensar sobre as outras partes do discurso — que são seis — sobre as quais nada se falou. O livro tratará de cada uma de modo integral.

O expositor esclarece tudo aquilo que foi dito antes

2. A esse respeito, antes que o tratado prossiga, o expositor gostaria de rogar a seu "porto", por amor a quem este livro está sendo composto, não sem uma forte ansiedade, que dedique seu entendimento e faça de seu engenho um aprendiz, de modo que sua memória esteja apta a reter e compreender as palavras (tanto as que já foram ditas como as que vi-

Brunetto Latini

rão a seguir), tornando-se ele, conforme seu desejo, um perfeito ditador de cartas e um nobre falante, artes para as quais este livro é um farol e uma fonte. 3. Mesmo que o livro trate de controvérsias e ensine a falar a respeito de coisas que estão sendo discutidas, além de ensinar a conhecer as causas e as questões, colocando frequentemente exemplos sobre o acusado e o acusador, um mau leitor pensaria que Túlio está falando apenas dos processos que ocorrem nas cortes, e não de outra coisa. 4. E o expositor bem sabe que seu amigo é dotado de tanto conhecimento que ele será capaz de entender e de enxergar a intenção do livro, e que os processos certamente pertencem aos tratados legais; no entanto, para além disso, que a retórica ensina a falar de modo pertinente sobre uma determinada causa, a qual não trata apenas de processos e nem apenas entre acusado e acusador, mas que se dá sobre outros acontecimentos, como saber falar em missões diplomáticas, em conselhos senhoris e populares, assim como saber compor uma carta bem ditada.[115] 5. Pois se Túlio diz que em um debate entre partes estão presentes as composições, as questões, as razões, o ponto a ser julgado e a proposição, um bom entendedor deve pensar que isso ocorre quando as pessoas reunidas discutem sobre diferentes assuntos, em que frequentemente um emite uma opinião a seu modo e outro diz o contrário, fazendo surgir um conflito; e que quando uma pessoa se opõe a uma coisa e outra se defende, o primeiro é chamado de acusador e o segundo, de acusado; sen-

[115] Paola Sgrilli ("Tensioni anticlassiche nella *Rettorica* di Brunetto Latini", *op. cit.*, pp. 385-6) defende aqui um esvaziamento do discurso forense pela existência prevalentemente fictícia da retórica judicial no medievo. Nesse sentido, estaria autorizado um desinteresse de Brunetto pelos procedimentos processuais e pela matéria da causa, fazendo-se referência à retórica jurídica apenas como um modelo privilegiado para o contraste verbal.

do a causa aquilo sobre o que discutem. 6. Mas se um acusa e outro nega, não pode surgir outra questão senão para saber se aquilo que se nega foi dito ou feito. E se um acusa e outro defende, a causa está estabelecida e instituída entre eles. Essa é a composição que faz surgir uma questão, isto é, se a argumentação de defesa tem ou não razão; depois, cada um discute como lhe convém para confirmar as próprias palavras e para enfraquecer as do oponente, assim como já foi mostrado quando tratamos sobre a questão, a razão, o ponto a ser julgado e a proposição. 7. Portanto, que ninguém creia, conforme os exemplos postos, que Orestes tivesse sido acusado pela morte de sua mãe; as pessoas realmente discutiam a esse respeito, e um indicava o mal e a falta de razão, sendo chamado de acusador; mas outro, em defesa de Orestes, que o livro chama de acusado, indicava o bem e a razão.

Sobre os conselheiros

8. O mesmo ocorre entre os conselheiros senhoris e comunitários, quando, depois de escolhidos para deliberar sobre um fato específico, cada um entende de uma maneira sobre a causa que lhes é posta e determinada. Começada uma discussão entre eles, já fica estabelecida a composição da causa, dando origem a uma questão sobre a existência ou não de um bom aconselhamento. Isso é o que Túlio chama de questão. 9. Por isso, um deles, depois de ter falado e aconselhado pelo modo que entende a causa, indica imediatamente a razão pela qual justifica seu conselho como bom e correto. Isso é o que Túlio chama de razão. 10. Depois de indicados o motivo e a razão que o guiam, ele se empenha em mostrar como alguém estaria fazendo o mal e o não correto se aconselhasse ou fizesse o contrário; desse modo, enfraquece a parte que contraria seu conselho. Isso é o que Túlio chama de ponto a ser julgado. 11. Após enfraquecer a parte contrária, reúne os mais sólidos argumentos e as mais fortes

razões a seu favor para debilitar ainda mais a outra parte e para confirmar sua razão. Isso é o que Túlio chama de proposição. 12. Certamente, essas quatro partes — questão, razão, ponto a ser julgado e proposição — podem estar todas presentes no discurso de um dos oradores, como dito antes. Mas o discurso pode ser composto apenas por uma delas, limitando-se à questão, quando apenas a opinião é emitida e nenhuma razão indicada; ou apenas de duas delas, quando a opinião é emitida e é indicada a razão para tal; ou de três delas, quando há opinião, razão para tal e enfraquecimento da parte contrária. E, ainda, pode ser composto de todas as quatro partes, como foi dito acima. 13. Esse é o discurso do primeiro orador. Depois de ele ter se pronunciado e concluído sua fala, imediatamente outro orador se levanta e diz tudo ao contrário do primeiro; assim, é estabelecida a composição — ou seja, a causa ordenada — e iniciada a discussão; e a partir de seus discursos, que são vários e diversos, nasce a questão sobre se o conselheiro havia feito bem seu papel ou não. Em seguida, o segundo demonstra a razão pela qual seu conselho é melhor. Depois disso, enfraquece o discurso e o conselho daquele que havia se pronunciado antes dele, confirmando seu conselho com os mais sólidos argumentos que pode encontrar. Portanto, as quatro partes mencionadas podem estar no discurso do primeiro orador, no do segundo, ou no de qualquer um que se manifeste. 14. Do mesmo modo, acontece frequentemente de surgir uma discussão quando duas pessoas enviam cartas uma à outra — em latim, em prosa ou rima, em língua vulgar ou outra — e argumentam sobres diferentes assuntos. Como um amante, ao pedir misericórdia a sua dama, dizendo muitas palavras e apresentando suas razões; e ela pode se defender com palavras, reforçando suas próprias razões e enfraquecendo as de quem suplica. Por esses e por outros exemplos, pode-se muito bem entender que a retórica de Túlio não existe apenas para ensinar a argumentar nos tribunais da justiça, ainda que ninguém possa ser um bom ou perfeito advogado se não se exprime de acordo com a arte da retórica.

15. É bem verdade que os ensinamentos colocados acima parecem discorrer a respeito de fatos que estão em conflito ou em controvérsia entre algumas pessoas, as quais debatem umas contra as outras. Mas alguém poderia argumentar que, muitas vezes, as cartas não envolvem controvérsias entre quem manda e quem recebe (como uma pessoa que, por amor, faz canções e versos de amor a sua dama, nos quais não há conflito algum entre ele e sua amada).[116] Por isso, esse alguém condenaria o livro e criticaria Túlio, bem como o expositor, por não oferecer ensinamentos, principalmente em relação ao que as pessoas se dedicam com mais frequência e de forma mais ampla — a escrita de cartas —, e não em relação ao púlpito e aos discursos entre pessoas. 16. Mas, quem quiser considerar bem as propriedades de uma carta ou de uma canção poderia ver com facilidade que aquele que as escreve e que as envia tem a intenção de obter alguma coisa ou ação de quem a recebe. Isso pode ser feito para implorar, para pedir, para ordenar, para ameaçar, para confortar, para aconselhar; em cada um desses modos, aquele a quem se destina a carta ou os versos pode negar ou se defender com alguma desculpa. Assim, quem envia uma carta acaba por enfeitá-la com belas palavras, sentenças e argumentos sólidos, acreditando convencer o receptor a não negar seu desejo com alguma desculpa que possa enfraquecer ou fazer tudo desabar. Portanto, haveria um conflito velado entre eles em for-

---

[116] Na continuação do esvaziamento do discurso forense apontada por Paola Sgrilli ("Tensioni anticlassiche nella *Rettorica* di Brunetto Latini", *op. cit.*, pp. 392-3), a mesma estudiosa observa que a inclusão da lírica amorosa viria numa "progressiva redução dos atores", sem que a *petitio* (cf. este capítulo, item 25 e nota) da epístola seja comprometida.

Brunetto Latini

ma de debate tácito ou expresso, assim como ocorre em quase todas as cartas e canções de amor. E se não é assim, como declara Túlio no início deste livro, não é pertinente à retórica. 17. De todo modo, com ou sem um conflito, o próprio Túlio, logo adiante, dedica seus ensinamentos a falar e ditar cartas de acordo com a retórica. E nas partes em que Túlio diz ou parece oferecer apenas ensinamentos sobre as manifestações em forma de debate, o expositor esforçará seu pouco engenho para explicar de forma clara e satisfatória, o que permitirá a seu amigo entender bem ambas as matérias. 18. Eis, então, que Túlio começa a falar sobre as partes do discurso ou de uma carta ditada, das quais não havia dito nada anteriormente;[117] essas partes são seis, como aparece na árvore abaixo:

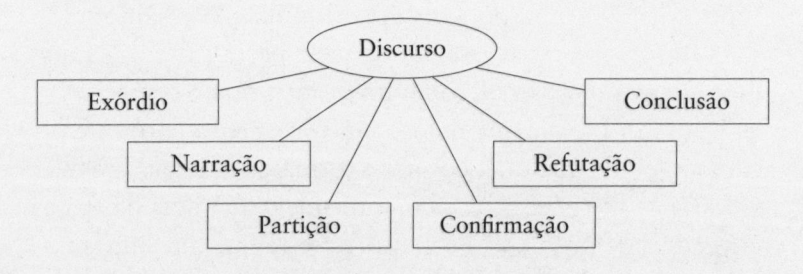

Essas são as seis partes que Túlio mostra estarem claramente presentes no discurso ou na epístola, especialmente na-

---

[117] Apesar de Cícero não mencionar nada a respeito da epistolografia, Brunetto já vinha desde o começo da sua exposição inserindo o tema no assunto do livro (cf. *Retórica* 1, 1 ss.; 17, 19 ss.; 19, 4; 28, 2; 31, 1; 76, 2-33; 78, 1; 85, 1 ss.; 86, 1; 87, 1). Para além do valor linguístico como prosa de estilo culto que a *Retórica* assume nos estudos historiográficos sobre a língua italiana, a discussão epistolográfica pode ter sido a sua maior contribuição para os estudos retóricos, principalmente pela "vontade de conferir nobreza cultural à *ars dictandi*, enraizando-a no ensinamento ciceroniano" (cf. Enrico Artifoni, "Retorica e organizzazione del linguaggio politico nel Duecento", *op. cit.*, pp. 158-9).

quelas que envolvem um conflito, assim como colocou o expositor. E tal como já foi dito em outra parte deste livro, Túlio direciona toda a retórica às causas que estão em controvérsia e em debate. E diz, com toda a razão, que as palavras que não são usadas para o debate de uma parte contra outra não são, na forma ou na arte, pertinentes à retórica. 19. A epístola, isto é, a carta ditada, é com frequência feita sem a intenção de debater ou de discutir, podendo ser um presente enviado por uma pessoa a outra, na qual alguém que está em silêncio se faz ouvir ao discorrer com a mente, pedindo e obtendo a graça desde uma terra distante. Nesse sentido, a graça pode nos dar forças e o amor pode nos fazer florescer, estando postas na escrita muitas das coisas que teríamos medo de expor oralmente na presença da outra pessoa. Por isso, o expositor falará um pouco sobre a opinião dos sábios e de sua própria opinião a respeito daquela parte da retórica que se refere ao ditar cartas, como foi prometido no começo deste livro. 20. Ele diz que ditar é um tratamento correto e ornamentado de qualquer coisa, na forma que tal coisa requer, sendo, por isso, necessário compreender cada uma das palavras dessa definição.[118] Portanto, note-se que diz "um tratamento correto" porque as palavras colocadas em uma carta devem ser postas corretamente, concordando-se o sujeito com o verbo, assim como o masculino e o feminino, o singular e o plural, cada uma das pessoas do verbo, além de todas as outras coisas que são ensinadas na gramática; dessas, o expositor falará um pouco mais adiante no livro, sendo neces-

[118] Sem defender que tal significação dependa exclusivamente do *Summa dictaminis* de Guido Faba (A. Gaudenzi (org.), *Il propugnatore*, new series vol. 3, 1890, parte I, p. 287), Francesco Maggini (*La "Rettorica" italiana di Brunetto Latini, op. cit.*, p. 56) observa a concordância entre os dois textos, intensificada pelo fato de que Brunetto segue definindo *dritto* ("correto") e *ornato* ("ornamentado") com as mesmas palavras que Faba teria usado para definir *competens* e *decora* no texto latino.

sário esse modo correto em todas as partes da retórica, ao se falar e ao se ditar. 21. Diz "um tratamento ornamentado" porque toda a epístola deve ser enfeitada de palavras adequadas, agradáveis e plenas de bons significados; esse tipo de ornamento é exigido em todas as partes da retórica, assim como foi dito antes em comentário ao texto de Túlio. 22. Diz que é para "tratar de qualquer coisa" porque, como diz Boécio, todas as coisas que alguém se propõe a dizer podem ser matérias do orador.[119] Nisso ele se afasta de Túlio, que diz que a matéria do orador é apenas o que se coloca dentro dos três gêneros, demonstrativo, deliberativo e judiciário.[120] E diz "na forma que tal coisa requer" porque convém ao orador ajustar suas palavras a sua matéria. Quem dita uma carta poderia muito bem usar palavras corretas e ornamentadas, mas não valeria de nada se não fossem adequadas à matéria. 23. Assim, a definição para quem dita cartas se afasta do que diz Túlio. A partir dos ensinamentos dessas duas matérias, ou seja, do falar e do ditar, o amigo do expositor poderá assumir o caminho correto. Por causa dessa divisão, é necessário que as partes da epístola sejam diferentes em relação às partes do discurso, que Túlio disse serem seis: exórdio, narração, partição, confirmação, refutação e conclusão. 24. I) Túlio acredita que o exórdio seja a primeira parte do discurso, a que prepara o ânimo do ouvinte às palavras que ainda serão ditas, sendo também chamado de prólogo. II) Ele diz que a narração é a parte do discurso na qual são ditas as coisas que ocorreram e as que não ocorreram, como se tivessem

[119] Cf. Boécio, *De topicis differentiis* (P.L. 64, col. 1207). Apesar de reconhecer como sendo muito ampla e geral a matéria do ditado, Brunetto Latini irá, no *Tresor* (III 4, 2), refutar essa mesma opinião, buscando provar que tudo o que é escrito com arte tende à persuasão, ao passo que o resto, relacionado *a la niceté des femes et dou menu pueple* ("à necedade das mulheres e da gente baixa"), não diz respeito à retórica.

[120] Cf. *Retórica* 19, 4 e nota.

ocorrido; isso se dá quando alguém apresenta o fato sobre o qual estabelecerá o argumento de seu discurso. III) Diz que a partição é quando o orador já apresentou e narrou o fato, momento em que contrapõe a sua razão à do adversário, dizendo: "Isso foi de um jeito e aquilo foi de outro". Nesse momento, ele se atém às partes que lhe são mais favoráveis, às que mais contradizem o opositor e às mais eficazes na persuasão do ouvinte; parecendo, portanto, ter resumido tudo. IV) Diz, ainda, que a confirmação é a parte do discurso na qual o orador coloca argumentos e indica as razões pelas quais atribui credibilidade e autoridade a sua causa. V) Diz que a refutação é a parte do discurso na qual o orador coloca motivos, razões e argumentos pelos quais abala, destrói e enfraquece a confirmação do adversário. VI) E que a conclusão é o fim e o término de todo o discurso. 25. Essas são as seis partes que Túlio apresenta como as que devem estar no discurso; e que serão tratadas de modo suficiente mais adiante no livro. E, pelo que foi dito, seria possível entender muito bem que essas mesmas seis partes são necessárias a uma epístola, sem que importe seu assunto. Mas, independentemente da matéria da qual for composta, a epístola estará de acordo com o discurso em três dessas seis partes, isto é, no exórdio, na narração e na conclusão. No entanto, as outras três, partição, confirmação e refutação, podem ficar de fora e não ter lugar na epístola. Por sua vez, a epístola possui cinco partes, das quais uma pode muito bem ficar de fora e não ter lugar no discurso, isto é, a *salutatio*; outra, a *petitio*, ainda que Túlio não a tenha nomeado entre as partes do discurso, pode muito bem ter seu lugar naquele, pois um discurso dificilmente pode existir sem uma petição.[121] Portanto, as partes

---

[121] Apesar da diferença substancial entre um destinatário no discurso escrito (ausente) e oral (presente), para Brunetto a *petitio* deverá ter lugar em ambos os registros. O comentador, nesse caso, atualiza o *De inven-*

da epístola são cinco, isto é, saudação, exórdio, narração, petição e conclusão, como aparecem nessa árvore:

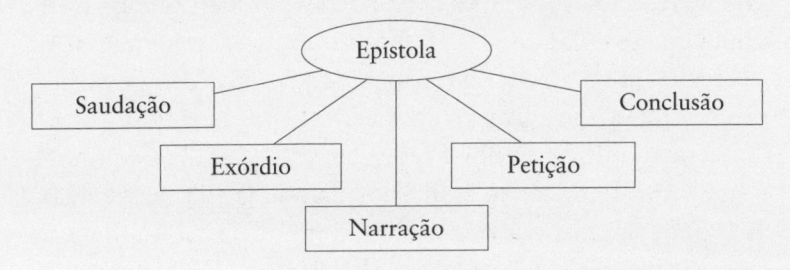

26. Se alguém perguntasse por qual motivo Túlio não abordou a saudação, deixando-a de lado em seu livro, certamente o expositor poderia responder deste modo: sabe-se que Túlio, em seu livro, trata dos discursos presenciais, nos quais não é necessário apresentar o nome do orador e nem o do ouvinte. Mas na epístola é necessário incluir o nome do remetente e o do destinatário, pois de outro modo não se poderia saber ao certo quem são. Além disso, a saudação parece fazer parte do exórdio; pois, mesmo sem fazê-lo, quem saúda alguém por carta parece estar começando seu exórdio. Túlio tratou do exórdio de modo completo, mas não se preocupou em separar a saudação nem em alongar sua explanação sobre as saudações, principalmente porque parece ter dedicado toda a retórica a falar de conflitos e controvérsias. 27. Por isso, alguns diziam que a saudação não era uma parte da epístola, mas um título[122] à parte. De todo modo, eu digo

tione à luz da convicção de que uma epístola pode se tornar um "discurso partidário" e que o destinatário poderia não estar disposto a aceitar o pedido sem antes negar ou se defender. Cf. Paola Sgrilli, "Tensioni anticlassiche nella *Rettorica* di Brunetto Latini", *op. cit.*, pp. 377-8.

[122] Francesco Maggini (*La "Rettorica" italiana di Brunetto Latini*, *op. cit.*, p. 57) acredita haver aqui uma alusão direta à *Summa dictaminis* de Guido Faba, o mais relevante autor a excluir a *salutatio* das partes da epístola. Cf. *Tresor* III 71, 2.

que a saudação é a porta da epístola, que ordenadamente esclarece os nomes e os méritos das pessoas, assim como a afeição do remetente. Note-se que "porta" está significando a entrada da epístola; que "esclarece os nomes" está em relação ao remetente e ao destinatário; e "os méritos das pessoas", em relação a seus graus e suas classes, por exemplo: "Papa Inocêncio", "Imperador Frederico", "Cavaleiro Aquiles", "Juiz Oddofredi",[123] e assim por diante; já "ordenadamente", para significar que o título e o nome de cada um estão postos como se deve; enquanto "afeição do remetente", sobre como ele expressa uma cortesia ou outra palavra benéfica ao destinatário (ou mesmo um desejo maléfico), conforme sua vontade. 28. Portanto, parece claramente que a saudação é uma parte da epístola que se equipara ao que é o olho no homem. E se o olho é uma parte nobre do corpo humano, a saudação é uma parte nobre da epístola, pois ilumina toda a carta como o olho ilumina o homem. Para dizer a verdade, a epístola que não possui uma saudação é como uma casa que não possui porta nem entrada, ou como um corpo vivo que não possui olhos.[124] Por isso, está errado quem diz que a saudação é um título à parte, pois deve ser escrita e incluída no texto; e o título da epístola é o que vem sobrescrito na parte de fora, aquilo que diz a quem a carta é enviada. 29. Digo, no entanto, que algumas vezes o remetente não escreve a saudação, ou para ocultar o destinatário no caso de

---

[123] Stefania D'Agata D'Ottavi (tradução de *La Rettorica*, *op. cit.*, p. 125) acredita tratar-se de Odofredus, um acadêmico da Universidade de Bolonha que lecionou entre 1236 e 1260. Segundo a estudiosa, apesar de Brunetto chamá-lo de juiz, ele teria sido principalmente advogado.

[124] A definição, que contrapõe a anterior, reproduz em toda a sua extensão, segundo Francesco Maggini (*La "Rettorica" italiana di Brunetto Latini*, *op. cit.*, p. 58), a de Bene da Firenze em seu *Candelabrum* III vii 6 (cf. G. C. Alessio (org.), Pádua, Editrice Antenore, 1983, p. 96), tratando-se substancialmente de uma tradução das mesmas metáforas.

a carta alcançar outra pessoa, ou por algum outro motivo. Não digo que seja sempre necessário saudar; pois, por amor ou por prazer, às vezes são enviadas palavras que atestam mais intimidade e brincadeira, e não apenas saudação. E uma pessoa não deve enviar uma saudação a seus superiores, mas palavras que signifiquem reverência e devoção. Às vezes, silenciamos quanto à saudação quando escrevemos aos inimigos, dizendo apenas nomes ou palavras que signifiquem indignação, estímulos para que façam o bem ou coisas do tipo; assim como faz o papa, que quando escreve a judeus ou a outros homens que não são de nossa fé católica, ou mesmo aos inimigos da Santa Igreja, silencia quanto à saudação, escrevendo no lugar algo como *receba o espírito do mais saudável conselho*, ou *conheça o caminho da verdade*, ou *aplique-se em obras de piedade*, e outras coisas similares.[125]

30. Portanto, aquele que sabe ditar bem deve cuidar em saudar uma pessoa na carta da mesma forma como se a encontrasse pessoalmente, sem deixar de escolher e ornamentar as palavras de acordo com a condição do destinatário. Pois, quando um homem está diante do papa ou do imperador — ou mesmo de outro senhor eclesiástico ou secular — ele certamente se portará com muita reverência, inclinando a cabeça ou se colocando de joelhos para beijar seus pés. Do mesmo modo, o bom ditador de cartas deve nomear o receptor e sua posição com as devidas palavras de honra, colocando isso no início; depois, deve nomear a si mesmo e sua posição, descrevendo sua afeição ao dizer o que deseja a quem recebe a carta — como saúde ou outra coisa pertinente —, sem deixar de observar que tais afeições precisam ser postas de modo adequado ao remetente e ao destinatário. 31. Porque, quando escrevemos a nossos superiores, a nossos pares,

---

[125] Cf. Guido Faba, *Summa dictaminis*, p. 42, *apud ad locum* tradução de Stefania D'Agata D'Ottavi.

ou aos de menor título, devemos enviar palavras que estejam de acordo com a pessoa e com sua condição. E embora eu tenha dito que o nome do superior deve vir antes, assim como o do semelhante, já presenciei situações em que grandes príncipes e senhores, escrevendo a mercadores ou a outros inferiores, colocam antes o nome daquele a quem escrevem, o que é contrário à arte; mas o fazem com o fim prático de conseguir algum benefício. Por isso, quem dita deve estar informado e ciente de que deve fazer a saudação de modo conveniente e oportuno a todas as partes,[126] a fim de conquistar a graça e a benevolência do receptor com a carta, assim como nós demonstramos seguindo a retórica de Túlio. 32. Essa é uma matéria sobre a qual o expositor poderia falar longamente, não sem grande proveito. No entanto, considerando que algumas sutilezas — como a omissão do verbo nas saudações, a prática de colocar o nome do remetente na terceira pessoa por modéstia, e que às vezes apenas a primeira letra do nome é indicada — parecem mais pertinentes a cartas escritas em latim do que em vulgar, o expositor não se aterá a tal discussão e seguirá com a matéria de Túlio para falar das outras partes do discurso, além daquelas da epístola, assim como exige a ordem do livro. 33. Nessa parte, o tratado se distancia da saudação e falará do exórdio de dois modos: o primeiro de acordo com o que diz Túlio e que parece ser pertinente ao discurso; o segundo, que convém à carta dita-

---

[126] Um exemplo dessa postura pode ser visto na solene carta sobre a morte de Tesauro Beccaria enviada em resposta à cidade de Pavia, em 1258. Esse documento é atribuído a Brunetto por se acreditar que apenas ele, que naquele momento ocupava o cargo de Notário dos Anciãos, teria sido capaz de compor uma epístola em estilo tão elevado. Cf. Roberta Cella, "L'epistola sulla morte di Tesauro Beccaria attribuita a Brunetto Latini e il suo volgarizzamento", in *A scuola con Ser Brunetto*, Florença, Edizione del Galluzzo, 2008, pp. 197-211.

Brunetto Latini

da e ao mesmo discurso, mas indo além do que traz o texto de Túlio.

Exórdio
77. *E como o exórdio deve ser o início de tudo, ensinaremos primeiro como ele deve ser feito.*

O expositor
1. Querendo tratar do exórdio antes de qualquer outra parte do discurso, Túlio o chama de início de todas as outras partes. E há razões para isso: uma, porque é posto e exposto diante das outras; outra, porque no exórdio parece que nós ajustamos e preparamos o ânimo do ouvinte para compreender tudo o que queremos dizer em seguida.

Sobre o exórdio
78. [cap. XV] *Exórdio é o que é dito de modo conveniente para atrair o ânimo do ouvinte às palavras que ainda serão ditas; isso acontecerá se ele tornar o ouvinte benévolo, atento e condescendente. Portanto, quem quiser introduzir sua causa, deve antes conhecer cuidadosamente a natureza dessa mesma causa.*

O expositor
1. Depois de ter apresentado as partes do discurso, Túlio agora irá tratar individualmente de cada uma; em primeiro lugar, do exórdio, que aborda do seguinte modo: ele indica aquilo que o caracteriza e mostra que devemos fazer três coisas, ou seja, tornar o ouvinte benevolente, atento e condescendente ao que queremos dizer. Por isso, devemos conhecer bem a natureza do assunto sobre o qual queremos falar ou ditar. 2. Em segundo lugar, divide o exórdio em duas partes, o princípio e a *insinuatio*, mostrando-nos em quais situações devemos usar um tipo ou outro. 3. Em terceiro lu-

gar, nos faz perceber de onde podemos tirar as razões para conquistar benevolência, atenção e docilidade, além de como devemos usar essas três coisas no tipo de exórdio chamado de princípio e naquele chamado de *insinuatio*. 4. Em quarto lugar, expõe as virtudes e os defeitos do exórdio. 5. Assim, diz que o exórdio é uma ornamentação de palavras que os oradores e os ditadores de cartas propõem no começo de suas falas, como um prólogo, no qual se esforçam em dizer e fazer com que os ouvintes sejam benevolentes e prestem atenção no que está sendo dito, isto é, que tanto ele quanto seu discurso sejam agradáveis. De modo análogo, busca dizer e fazer com que o ouvinte seja condescendente, que absorva e compreenda com tranquilidade o significado das palavras. 6. Por isso, logo que o ouvinte estiver dócil, buscando compreender e conhecer a natureza do fato e o significado das palavras, ele estará atento. Mas, por outro lado, o ouvinte poderá estar disposto a ouvir e não compreender com condescendência. E o tratado falará de cada uma dessas três coisas no momento oportuno. 7. Mas o orador que não conhece previamente a matéria e a natureza de sua causa não será capaz de alcançar as três coisas mencionadas, isto é, que o ouvinte se coloque de modo benevolente, atento e condescendente; por isso, Túlio falará sobre quais e quantas são essas naturezas, deste modo:

Naturezas das causas
79. *As naturezas das causas são cinco: honesta, inconcebível, vil, duvidosa e obscura.*

O expositor
1. Nesse pequeno parágrafo, Túlio nomeia as naturezas das causas, isto é, de quantos gêneros são os discursos. E se alguém, por acaso, quisesse me advertir de que Túlio contradiz aquilo que ele mesmo havia dito lá atrás — isto é, que os

gêneros e naturezas das causas são três (deliberativo, demonstrativo e judiciário), enquanto agora diz que são cinco (honesto, inconcebível, vil, duvidoso e obscuro) —, eu responderia que as três primeiras são naturezas substanciais, intimamente associadas às causas, e que não podem variar. Desse modo, a causa deliberativa não pode ser não deliberativa, assim como aquela que é demonstrativa não pode ser não demonstrativa; e digo o mesmo para a judiciária. 2. Porém, a causa honesta pode muito bem ser não honesta, a que é inconcebível pode ser não inconcebível, e digo o mesmo para a vil, para a duvidosa e para a obscura. Portanto, essas são naturezas ocasionais que podem ou não existir, mas as três primeiras são substanciais e não podem se alterar.[127]

Sobre a honesta
80. A natureza honesta da causa é a que imediatamente agrada o ânimo do ouvinte, mesmo sem nosso exórdio.

O expositor
1. A causa é honesta quando — ao pronunciar as palavras, mas sem fazer um prólogo — o ânimo do ouvinte imediatamente se dispõe a crer e a gozar das palavras que o orador pronuncia a respeito do assunto. Nesta, não é necessário utilizar palavras para conquistar a benevolência do ouvinte, pois a honestidade da causa já a conquistou por si mesma; isso se vê em causas que acusam um roubo, ou que defendem um pai, um órfão, viúvas ou igrejas.

Sobre a inconcebível
81. Inconcebível é aquele discurso que traz inquietude ao ânimo de quem deve ouvir.

[127] Cf. Victorino, *Explanationum in Rethoricam, op. cit.*, p. 184.

O expositor
1. A causa é chamada de inconcebível quando é composta de um assunto que desagrada o ouvinte, como um tema sujo ou cruel. Por isso, o ânimo do ouvinte se coloca contra nós e se incomoda com nossa posição. Nesse caso, é necessário conquistar a benevolência de modo que o ouvinte compreenda o assunto, como na causa de alguém que matou o pai, que cometeu um roubo ou que cometeu um incêndio. 2. Podemos entender, então, que uma causa pode ser honesta e inconcebível: honesta por um lado, como aquele que defende seu pai; e inconcebível por outro, quando este mesmo se coloca contra a própria mãe. E a partir desse único exemplo é possível entender todos os casos semelhantes.

Sobre a vil
82. *Vil é aquele discurso ao qual o ouvinte não dá tanta atenção, e que não parece demandar tanto trabalho para ser compreendido.*

O expositor
1. Uma causa é chamada de vil quando se compõe de um assunto menor, não parecendo ser necessário dar a ela muita atenção; assim, o ouvinte não se dedica muito a compreender, como a causa de uma galinha ou de uma coisa de pouca importância. Nesse tipo de causa, devemos procurar fazer com que o ouvinte esteja atento a nossas palavras.

Sobre a duvidosa
83. *Duvidosa é quando a sentença é dúbia ou a causa é em parte honesta e em parte suja e desonesta, acabando por gerar benevolência e ofensa.*

O expositor

1. A causa é chamada de duvidosa quando o ouvinte não tem certeza sobre em que deve acreditar, ou sobre qual posição faz mais sentido; como na causa de Orestes, que havia dito ter matado a mãe de forma justa por duas razões: uma, porque ela havia matado seu pai, e outra porque o deus Apolo lhe havia ordenado.[128] Desse modo, o ouvinte não tem certeza sobre qual desses dois motivos merece crédito. 2. Do mesmo modo, é duvidosa a causa que possui parte de honestidade, e por isso agrada o ouvinte, e parte de desonestidade, o que desagrada o ouvinte. Como na causa *de filio*,[129] em que um ladrão foi acusado de furto e seu filho se esforçava para defendê-lo de todos os modos. A causa era certamente honesta em relação a defender um pai, mas desonesta sobre defender um ladrão.

Sobre a obscura

84. *Obscuro é quando o ouvinte tem dificuldade de acompanhar, ou quando a causa está repleta de acontecimentos muito difíceis de compreender.*

O expositor

1. Túlio diz que a causa é chamada de obscura quando o ouvinte não acompanha o sentido das palavras do orador tão bem ou tão rápido quanto necessário, seja porque não é tão sábio, ou porque está cansado por ter anteriormente seguido o discurso de outros oradores; ou, ainda, porque a cau-

[128] *Idem, ibidem*, p. 196.

[129] Francesco Maggini se refere a tal causa como *de filio* por se tratar de uma abreviação dos códices que permite supor uma fórmula jurídica latina. Mas o editor crítico não exclui a possibilidade de tal abreviação esconder um nome próprio.

sa está repleta de coisas ou de razões obscuras e difíceis de serem compreendidas.

Sobre a divisão do exórdio

85. *Como as naturezas das causas são tão diferentes, é necessário que os exórdios sejam diferentes e específicos, não sendo similares em nenhum tipo de causa; por isso, o exórdio se divide em duas partes, que são: princípio e "insinuatio".*

O expositor

1. Túlio diz que, pelo fato de os gêneros e as naturezas das causas serem tão diversos, como os cinco modos de que tratamos acima, e nenhum modo concordar com o outro, é necessário que cada natureza de causa, e cada um dos cinco modos mencionados, tenha seu estilo próprio de exórdio, adequado à natureza da matéria sobre a qual devemos falar ou ditar. 2. E Túlio, querendo ensinar isso de modo claro, diz que o exórdio é feito de duas maneiras: uma chamada de princípio e outra de *insinuatio*, das quais ele falará inteiramente. Assim, devemos e podemos saber que as causas sobre as quais um orador se pronuncia ou sobre as quais um ditador de cartas escreve são cinco, isto é: honesta, inconcebível, vil, duvidosa e obscura, como já se falou. Para dar conta de todas essas naturezas, há dois modos de se fazer o exórdio, e não mais do que isso, isto é: como princípio e como *insinuatio*.

Sobre o princípio

86. *Princípio é um discurso dito de modo claro e com poucas palavras, tornando o ouvinte benévolo, condescendente e atento.*

O expositor

1. Esse tipo de exórdio é chamado de princípio quando o orador e o ditador de cartas — imediatamente após o iní-

cio de sua mensagem, sem muitas palavras e sem o uso de nenhum fingimento — falam de modo aberto e franco, tornando o ânimo do ouvinte benevolente a eles e a sua causa e, às vezes, condescendente e atento; como Pompeu, que assim o fez para falar aos romanos sobre a necessidade da guerra contra Júlio César:[130] "Por termos o justo ao nosso lado e por combatermos defendendo nossa razão e de nossa comuna, devemos ter a firme esperança de que os deuses serão nossos aliados".

Sobre a *insinuatio*
87. "Insinuatio" é um tipo de discurso que, pronunciado com dissimulação e rodeios, entra de modo velado no ânimo do ouvinte.

O expositor
1. Túlio diz que o tipo de exórdio chamado de *insinuatio* é quando o orador e o ditador de cartas iniciam o discurso com um longo prólogo feito de palavras veladas; quando fingem querer algo que não querem, ou despistam sobre o que realmente querem; quando rodeiam o discurso com muitos termos, de forma a confundir o ânimo do ouvinte para que este se torne benévolo, condescendente e atento. Isso foi o que fez Sinon, falando àqueles que o consideravam imerso em pesados tormentos: "Até agora, eu só pedi que me liberassem de tamanha pena; agora, eu não peço nada além da morte. Mas eu daria enormes tesouros a quem me salvasse". Dessa forma, fingia dissimuladamente não querer aquilo que queria para atingir o ânimo daqueles que o teriam libertado

[130] Os exórdios de Pompeu e de César podem ser lidos em Lucano, *Farsália*, VII. No entanto, nesta e nas próximas menções ao episódio que precede a batalha entre os dois comandantes, as palavras de Brunetto não condizem com o texto do poeta latino.

apenas por dinheiro, pois era indigno de piedade.[131] 2. Estando assim colocado, Túlio separou o que é princípio do que é *insinuatio*; agora ele falará sobre qual tipo de exórdio temos de usar em cada um dos cinco tipos de causa, isto é, na honesta, na vil, na inconcebível, na duvidosa e na obscura.

Sobre a inconcebível

88. *No gênero inconcebível, se o ouvinte não estiver completamente contrário a nós, podemos muito bem conquistar sua benevolência com o chamado princípio. Mas se ele estiver incomodado demais com nossa fala, é necessário recorrer à "insinuatio", pois exigir rapidamente a paz e a benevolência de pessoas iradas não é apenas impossível como também provoca e inflama ainda mais o ódio.*

O expositor

1. Já se falou bem que uma causa é chamada de inconcebível quando é composta de um assunto desagradável que parece irritar o ouvinte. No entanto, Túlio diz que quando nossa causa é inconcebível, às vezes pode acontecer de o ouvinte não nos desprezar completamente. Nesses casos, podemos conquistar sua benevolência com aquele tipo de exórdio chamado de princípio, ou seja, com poucas e claras palavras. 2. Mas se o ouvinte estiver irado e irritado conosco, é certamente necessário adotar o outro tipo de exórdio, aquele chamado de *insinuatio*. Neste, faremos um longo prólogo com muitas palavras ambíguas, de modo a acalmar seu ânimo, conquistar sua benevolência e fazê-lo recobrar o prazer em ouvir. Para dizer a verdade, quando o ouvinte está irado e irritado conosco, é inútil querer buscar sua paz instantanea-

---

[131] Apesar de não ser uma transcrição literal das palavras de Sinon (*Eneida* II 57-198), não há indícios de intermediários entre Brunetto e Virgílio para essa citação.

mente com poucas e claras palavras, mostrando todo o fato de uma só vez. Isso apenas afastaria a paz, faria crescer a ira e inflamaria o ódio. Por isso, seria necessário falar com rodeios, chegando sorrateiramente ao principal.

Sobre a causa vil

89. *Quando a causa é composta por um assunto vil, é necessário tornar o ouvinte atento para que possamos eliminar a insignificância e a mesquinhez.*

O expositor

1. Quando a causa é vil, isto é, de um assunto pequeno, e o ouvinte não se preocupa muito em compreender, convém usar o princípio e, com isso, fazer com que o ouvinte esteja atento a nossas palavras. Isso pode ser feito se tirarmos a causa da insignificância e a transformarmos em uma coisa grande, elevando-a, como fez Virgílio quando se propôs a tratar das abelhas: "Eu falarei coisas relevantes e maravilhosas sobre as pequenas abelhas".[132]

Sobre a natureza duvidosa

90. *Quando a natureza da causa é duvidosa, sendo ambígua a sentença, é necessário começar o exórdio pela própria sentença. Mas, se a causa é em parte honesta e em parte desonesta, é necessário conquistar a benevolência, de modo a parecer que toda a causa retoma sua natureza honesta.*

---

[132] Cf. Virgílio, *Geórgicas* IV 1-5. Francesco Maggini (*La "Rettorica" italiana di Brunetto Latini, op. cit.*, p. 48), contudo, acredita apenas numa remota possibilidade de Brunetto ter tido conhecimento direto da obra, podendo a citação estar contida em outro texto de maior difusão e ainda não determinado como sua fonte.

O expositor

1. A causa duvidosa, como foi dito antes, se dá de duas maneiras. Uma quando a sentença é dúbia, como no exemplo de Orestes que, por duas razões e motivos, dizia ter feito o bem ao matar a mãe. Nesse caso, ele deveria começar o exórdio com a razão que mais profundamente desejava provar, aquela cujo significado poderia ajudá-lo. 2. Mas se a situação jurídica é ambígua por ser em parte honesta e em parte desonesta, o bom orador, nesse caso, deve conquistar a benevolência do ouvinte com o exórdio chamado de princípio, de modo que toda a causa pareça honesta.

A causa honesta

91. *Quando a causa é honesta, podemos deixar o princípio de lado e, se parecer conveniente, começar a narração citando uma lei ou alguma das mais sólidas razões de nosso discurso. Mas, se for preferível usar o princípio, devemos recorrer ao aumento da benevolência que já existe.*

O expositor

1. Quando a situação jurídica sobre a qual devemos nos pronunciar é honesta, temos a benevolência do ouvinte apenas pela natureza do fato, sem maiores artifícios oratórios. Nesse caso, quando começamos a falar, podemos deixar de lado o princípio e não fazer nenhum exórdio ou prólogo, começando nosso discurso com a narração, isto é, com a exposição do fato. Podemos começar pela lei que rege nossa matéria ou pela razão que pode ser usada como o mais sólido argumento. 2. Contudo, se quisermos usar o princípio e fazer um prólogo, isso é possível; não para conquistar a benevolência, mas sim para aumentar a que já existe. De toda forma, nosso princípio deve ser feito com palavras apropriadas à benevolência.

Sobre a causa obscura

92. *Na causa obscura, é necessário que, no princípio, façamos com que o ouvinte seja condescendente.*

O expositor

1. Anteriormente, foi mostrado como é possível identificar uma causa obscura. Túlio diz que quando a causa se apresenta dessa forma devemos usar a parte do exórdio chamada de princípio. Ali, devemos solicitar a docilidade de quem nos ouve, que compreendam e sintam a natureza do fato, fazendo deste modo: com poucas palavras, resumidamente, falaremos da condição do fato em relação a ambas as partes envolvidas. E depois de termos constatado que o ouvinte está mais apto e em via de compreender o assunto, seguiremos adiante para mostrar nossas razões do modo mais conveniente ao fato.

Sobre as razões das coisas

93. [cap. XVI] *Como já dissemos o que é necessário fazer no exórdio, é chegada a hora de demonstrar por quais razões é possível fazer tais coisas.*

O expositor

1. Até aqui, Túlio nos ensinou tudo o que é necessário dizer e fazer no exórdio. E como ele já indicou o tipo de exórdio adequado à causa em que convém conquistar benevolência, ele quer, daqui para a frente, mostrar como isso pode ser feito. E esse é um tipo de ensinamento que faz bem saber.

Sobre os quatro lugares da temperança

94. *É possível conquistar a benevolência a partir de quatro lugares: por nossa própria pessoa, pela pessoa do nosso adversário, pelos membros do júri e pela causa.*

O expositor

1. Nessa parte, Túlio nos ensina como conquistar a benevolência; e como esta não pode ser conquistada senão por aquilo que está presente nas pessoas e nos fatos, ele indica os quatro lugares de onde a benevolência pode surgir. O primeiro é a partir de nossa pessoa e daquela por cuja causa nos pronunciamos. O segundo é a partir da pessoa do nosso adversário e daqueles que apresentam a causa contra a qual nos colocamos. O terceiro é partir dos membros do júri, diante de quem nos pronunciamos. O quarto é o fato e o assunto sobre o qual falamos. Cada um desses pontos será abordado de modo suficiente e no momento adequado.

Túlio, a respeito do prólogo

95. Por nossa pessoa, se falarmos sem arrogância sobre nossos feitos e sobre nossos deveres; se nos eximirmos das culpas a nós atribuídas e das suspeitas infundadas; se revelarmos os males que nos ocorreram e as atuais dificuldades; se fizermos uso de súplicas e pedidos de forma humilde e submissa.

O expositor

1. Conquistar a benevolência por nossa pessoa é falar — a nosso respeito, ou daquele por quem intercedemos — particularidades pelas quais o ouvinte será benévolo em relação a nós. Certas particularidades dizem respeito às pessoas, mas outras, às causas; o tratado irá discorrer de modo suficiente sobre tais coisas, o que será uma matéria útil e bela. Aqui, Túlio coloca quatro modos de conquistar a benevolência a partir de nossa pessoa. 2. O primeiro modo é se nós falarmos sem arrogância, de forma doce e cortês, sobre nossos feitos e sobre nossos deveres. Entenda-se por "feito" aquilo que fazemos não por obediência às leis ou por obrigação, mas pela espontaneidade natural. Dido, de Eneias, conquistou a

benevolência dos ouvintes falando deste modo: "Eu", disse ela, "acolhi e recebi em um lar seguro aquele que estava em perigo no mar aberto; e dei-lhe meu reino quase antes de ouvir seu nome".[133] Com essas palavras, ela diz ter sido tomada de piedade em relação a Eneias quando ele fugia da destruição de Troia. 3. Em verdade, nós temos misericórdia e piedade de pessoas estranhas por natureza, não por obediência. Já "deveres" são aquelas coisas que fazemos por obediência, e não pela espontaneidade natural. Por isso, Túlio diz que devemos nos referir a ambos com temperança, sem arrogância. 4. O segundo modo é nos eximirmos das culpas e das suspeitas infundadas que nos são atribuídas, a nós e a nossos amigos mais próximos. Entenda-se que culpa é o termo para referir os pecados impostos claramente por outros diante de nossos olhos, como foi imposta a Boécio a composição de cartas que traíam o imperador. Ele foi capaz de se eximir de tal pecado por uma particularidade sua — a sabedoria —, dizendo: "O que é necessário dizer sobre as cartas compostas falsamente? A fraude dessas cartas seria evidente se fôssemos apresentados à confissão do acusador". 5. As suspeitas infundadas são culpas que pessoas atribuem a outras, mas não diante de seus olhos; como muitos, que pensavam que Boécio adorava demônios pelo desejo de obter posição política. Ele conseguiu eliminar essa suspeita falando à Filosofia, quando disse: "Mentiram aqueles que pensavam que eu sujava minha consciência com sacrilégios (ou pelo contato com espíritos malignos). Mas tu, Filosofia, presente em mim, expulsavas de meu ânimo qualquer pensamento sobre as coisas mortais". Assim, parecia querer dizer: "Como eu possuía sabedoria, não era de se crer que eu falhasse tão torpemente".[134] Da mesma maneira agiu Helena, querendo se eximir

---

[133] Cf. Ovídio, *Heroides* VII 89-90.

[134] Cf. Boécio, *De Consolatione philosophiae* I i prosa 4.

da suspeita de seu marido, dizendo: "Ele, que confia a vida a mim, se preocupa com minha beleza; mas quem provê segurança não deveria temer a beleza de outras pessoas".[135] 6. O terceiro modo é se revelarmos os males derivados da calúnia e as consequências desses males. Boécio, ao contar o ocorrido, conquistou a benevolência do ouvinte, dizendo: "Pelo mérito de uma virtude verdadeira, sofrerei a pena de uma falsa culpa".[136] Dido, ao contar os males ocorridos depois da partida de Eneias, conquistou a benevolência pela sua desgraça, dizendo: "Expulsa, deixo meu país e a casa do meu marido, e vou fugindo por caminhos tortuosos, caçada por inimigos".[137] Do mesmo modo, Júlio César, vendo-se diante das brutalidades da guerra, narrou os males que poderiam lhe ocorrer para encorajar seus homens à batalha, dizendo: "Prestem atenção nos sofrimentos de César, olhem as correntes e pensem que esta cabeça está presa a ferros e os membros, despedaçados".[138] 7. O quarto modo é se fizermos uso de pedidos e súplicas de forma humilde e submissa, rogando graças com reverência, devoção e grande humildade. Entenda-se que pedidos não envolvem súplicas. *Verbi gratia*: Pompeu, vendo-se em batalha na guerra mortal contra César, disse para encorajar seus soldados: "Eu deixo meus últimos feitos e os últimos anos de minha vida em vossas mãos, para que eu, tendo comandado desde a mais jovem idade, não tenha de ser um servo na velhice".[139] Às vezes, esses pedidos são evidentes, como o de Pompeu; e às vezes são veladas, como a de Dido, que envia tais palavras a Eneias: "Eu", disse

[135] Cf. Ovídio, *Heroides* XVII 173-4.

[136] Cf. Boécio, *De Consolatione philosophiae* I i prosa 4.

[137] Cf. Ovídio, *Heroides* VII 115-6.

[138] Cf. Lucano, *Farsália* VII 304-5.

[139] *Idem, ibidem*, VII 380-2.

ela, "não digo essas palavras porque acredito poder te dissuadir, mas como perdi a honra, além da castidade do corpo e da alma, não me custa muito desperdiçar palavras ou outras coisas insignificantes".[140] 8. Mas súplicas são quando rogamos a alguém pelo amor de Deus, pela alma, pelos bens, pelos parentes, ou por algo que se possa invocar, como Dido fez a Eneias: "Eu te rogo", disse ela, "por teu pai, pelas lanças e pelas flechas de teus irmãos, pelos companheiros que fugiram contigo, pelos deuses, pela majestade de Troia"[141] etc. 9. O tratado abordou o primeiro lugar de onde se obtém a benevolência, isto é, de nossa pessoa e daqueles que estão conosco; assim, agora falará do segundo lugar, isto é, da pessoa dos adversários e daqueles contra os quais nos pronunciamos.

A respeito do segundo prólogo
96. *Pela pessoa dos adversários, se nós os expusermos ao ódio, à inveja e ao desprezo.*

O expositor
1. Conquistar a benevolência pela pessoa dos nossos adversários é manifestar as particularidades a seu respeito que fariam com que o ouvinte se pusesse favorável a nós e hostil a eles. Túlio expõe os três modos possíveis para que isso aconteça: o primeiro é indicar particularidades que provoquem o ódio dos ouvintes; o segundo, indicar particularidades que provoquem inveja; o terceiro, aquelas que provoquem o desprezo. E o texto irá tratar de cada um desses modos de agir.

---

[140] Cf. Ovídio, *Heroides* VII 3-6.
[141] *Idem, ibidem,* VII 157-8.

Túlio

97. *Provoca-se o ódio quando se diz como eles agiram de modo antinatural, com arrogância, com crueldade ou com malícia.*

O expositor

1. Podemos invocar o ódio do ouvinte contra nossos adversários se dissermos que eles fizeram alguma coisa de modo antinatural, contrário à ordem da natureza, como comer carne humana e coisas similares, em relação às quais o expositor se cala prontamente. Ou se nós dissermos que eles agiram com arrogância, isto é, sem temer ou considerar seus mestres e seus superiores, ignorando-os. Ou se nós dissermos que eles agiram com crueldade, não tendo piedade nem misericórdia de seus inferiores, dos pobres, dos doentes ou dos miseráveis. Ou se nós dissermos que agiram com malícia, isto é, de modo falso e mau, desleal, anormal e contra os bons costumes. 2. Temos exemplos de tudo isso nas palavras de Boécio, falando contra o imperador Nero: "Sabemos bem quanta ruína ele provocou ao incendiar Roma, torturando seus próprios parentes, matando o irmão e alvejando a mãe".[142] Assim foi o fato contado por Eurífiles sobre Medeia, que se encontrava descabelada entre tumbas a recolher ossos dos mortos.[143] 3. O expositor já falou sobre o texto de Túlio em relação a como podemos invocar o ódio e a fúria de nossos ouvintes para com nossos adversários. Daqui em diante, falaremos sobre como podemos invocar a inveja.

---

[142] Cf. Boécio, *De Consolatione philosophiae* I ii metro 6.

[143] Pela proximidade do texto de Brunetto aos versos de Ovídio, Francesco Maggini (*La "Rettorica" italiana di Brunetto Latini, op. cit.*, p. 52) acredita que Isífiles tenha sido confundida com Erífiles, mulher de Anfiarau. Nesse caso, o exemplo em nada se refere à *Medeia* de Eurípedes. Cf. Ovídio, *Heroides* VI 89-90.

Túlio

*98. Provoca-se a inveja quando expomos a força, o po-
der, as riquezas, o parentesco, o dinheiro, o insuportável orgulho e como se apegam mais a essas coisas do que à própria
causa em questão.*

O expositor

1. Nós podemos conduzir nossos adversários à inveja e
ao desdém do ouvinte se falarmos da força de seus ânimos e
de seus corpos, munidos ou não de armas; de seus poderes,
como títulos e domínios; de suas riquezas, como servos, es-
cravas e posses; dos parentescos, como estirpes, linhagens e
séquitos; de bens, como dinheiro, ouro e prata; podemos expor como nossos adversários fazem mau uso disso tudo para enriquecer com soberba e orgulho. 2. Assim disse Salústio
aos romanos: "Digo, pois, que Catilina provém de uma alta
linhagem, possui grande força no coração e no corpo, mas
usa todo seu poder em traições, destruindo terras e pessoas".
E assim disse Catilina, contra os romanos: "Carregam consigo honras e poderes, mas nós somos deixados à pobreza e
aos perigos".[144] 3. Já se falou da inveja contra nossos adversários, agora o tratado abordará como podemos invocar o
desprezo.

Túlio

*99. Provoca-se o desprezo nos ouvintes dizendo que os
adversários são desocupados, descuidados, lerdos e que se
dedicam a coisas anormais e à luxúria.*

---

[144] Cf. Salústio, *De coniuratione Catilinae* XX.

O expositor

1. Podemos invocar o desprezo do ouvinte em relação a nossos adversários — isto é, fazer com que sejam vilipendiados e aviltados — se dissermos que são homens ignorantes, desocupados e sem discernimento, sem utilidade e sem serventia, descuidados, preguiçosos e sonolentos; ou se dissermos que são lerdos e pesados para todas as coisas; ou que se dedicam apenas a coisas anormais e sem utilidade; ou, ainda, que se dedicam à luxúria, devotando força e trabalho ao comer em demasia, à embriaguez, a meretrizes, ao jogo e a frequentar tavernas. 2. O tratado mostrou como podemos conquistar a benevolência do ouvinte pela pessoa dos nossos adversários, ensinando como é possível submetê-los ao ódio, à inveja e ao desprezo. Neste ponto, voltará à matéria para mostrar como se pode conquistar a benevolência pela pessoa do ouvinte, que é o terceiro lugar.

A benevolência pelo ouvinte

100. Conquistaremos a benevolência falando da pessoa do ouvinte se fizermos menção a seus hábitos corajosos, sábios e clementes; se mostrarmos como são estimados de modo honroso e como são esperadas sua sentença e sua autoridade.

O expositor

1. Podemos conquistar a benevolência dos ouvintes indicando suas qualidades, louvando suas obras pela coragem, pela lealdade, pela prudência, pela sensatez, pela clemência, isto é, pela deliberada humildade; dizendo ainda como as pessoas veem neles todo o bem e toda a honestidade, e como almejam desse júri uma sentença que será certamente justa e de tamanha autoridade que há de ser eternamente observada em semelhantes casos. 2. Por um ato de bravura, Túlio louvou César, dizendo: "Tu domaste as gentes bárbaras, con-

quistaste muitas terras e subjugaste nações ricas com tua força".[145] 3. Também o louvou pela sensatez, falando de Marco Marcelo: "Tu, na ira — grande inimiga do bom senso — mantiveste o bom senso". 4. Por um ato clemente, Túlio o louvou, dizendo: "Tu, na vitória — que naturalmente leva à soberba — mantiveste a clemência". 5. Pela sua nobre condescendência, Túlio o louvou deste modo: César nem sempre quis bem a Túlio, mas mesmo assim o manteve a seu serviço; Túlio esteve tão incomodado consigo mesmo por esse fato que não conseguia se dedicar à retórica como de hábito, até que César lhe concedeu sua graça mais uma vez. Sobre isso, Túlio disse: "Tu devolveste a mim o hábito da antiga vida que me havia sido tolhido, mas apesar de tudo me havias deixado um sinal de esperança". Isso ele dizia por ter sido mantido a seu serviço, sem cair em desonra.[146] 6. Túlio também o louvou quando esperou o bom veredito sobre Marco Marcelo: "A sentença esperada de ti sobre esse assunto não diz respeito apenas a uma coisa, mas está relacionada a todas as causas semelhantes. Por isso, tua decisão servirá de modelo para todas as outras". 7. Tendo sido dito como se conquista a benevolência pela pessoa do ouvinte, Túlio dirá como é possível conquistá-la pelas coisas.

A benevolência pelas coisas

101. Pelas coisas, se, enaltecendo o objeto de nossa causa, diminuímos por desprezo o objeto da causa dos adversários.

[145] Cf. Cícero, *Pro Marco Marcello*, tradução de Brunetto Latini (Luigi Maria Rezzi (org.), Milão, Ranieri Fanfani, 1832, p. 7).

[146] *Idem, ibidem*, p. 4.

O expositor

1. Podemos obter a benevolência dos ouvintes pelas coisas de que fala o discurso se expomos suas particularidades, louvando nossa parte e desprezando a parte adversária; foi o que fez Pompeu para confortar suas gentes na guerra contra César: "Nossa causa está repleta de direito e de justiça. Por isso, ela é melhor do que a do inimigo, nos dando sólida esperança de que Deus está do nosso lado".[147] 2. Como o tratado já identificou, de modo claro e completo, os quatro lugares de onde é possível conquistar a benevolência, retomará a parte que nos ensina a fazer com que o ouvinte permaneça atento.

Sobre manter os ouvintes atentos

102. *Faremos com que se mantenham atentos se naquilo que dissermos houver coisas importantes, novas ou inacreditáveis; se afirmarmos que tais coisas dizem respeito a todos: aos ouvintes, aos homens ilustres, aos deuses imortais, ao principal interesse da comunidade; ou se prometermos expor brevemente nossa causa; ou, ainda, se esclarecermos o ponto ou os pontos a serem julgados, se houver mais de um.*

O expositor

1. Tendo dado um completo ensinamento sobre como conquistar a benevolência das pessoas diante das quais propomos nossas palavras — de forma que os ânimos se tornem favoráveis à nossa causa e desfavoráveis à de nossos adversários —, nesta parte de seu texto Túlio quer nos ensinar como podemos, em nosso exórdio (isto é, no prólogo e no início de nosso discurso), captar a atenção de quem nos escuta para acalmar seus ânimos e fazer com que nos ouçam; podemos fazer isso de muitos modos, tanto naqueles já especifi-

[147] Cf. Lucano, *Farsália* VII 349.

cados anteriormente no texto como nos casos similares. 2. Posso dizer claramente que qualquer pessoa estará atenta e condescendente a compreender se eu, no início da minha fala, disser que quero tratar de coisas importantes e compostas de matéria elevada, assim como fez o excelente autor ao recitar a história de Alexandre, dizendo no início: "Eu destacarei e contarei um assunto da mais alta importância sobre aquele que conquistou o mundo inteiro e o colocou sob seu domínio".[148] 3. Isso pode ser igualmente alcançado se eu disser que quero tratar de novidades, do que aconteceu, ou do que pode acontecer, por conta das novidades ocorridas, como fez Catilina: "Como a força da Comuna está nas mãos da plebe e em poder da multidão, nós, nobres e poderosos a quem convergem as honras, nos tornamos vis, um povo sem honra, sem dádivas e sem autoridade".[149] 4. Isso pode ser igualmente alcançado se eu disser que quero contar histórias incríveis, como o santo que disse: "Meu falar será sobre a bendita dama que gerou e pariu um filho sendo ainda virgem, tanto antes como depois",[150] sendo essa uma coisa inacreditável por parecer contrária à natureza. Ou, como diziam os gregos: "Não é possível acreditar que Páris tenha sido tão imprudente a ponto de vir até aqui para raptar Helena". 5. Isso pode ser igualmente alcançado se eu disser que o assunto de que tratará meu discurso diz respeito a todos, ou a todos

[148] Apesar de não ser possível atestar com segurança a fonte de Brunetto neste passo, Francesco Maggini (*La "Rettorica" italiana di Brunetto Latini*, *op. cit.*, pp. 50-1) indica os versos "D'Alixandre vous voel l'estore rafrescir,/ Cui Dix dona au cuer fiertè et grant aïr/ Ki osa par mer gens et par terre envaïr,/ Et fist a son kemant tout le peuple venir" do *Roman*, de Lambert li Tort e Alexandre de Bernai (e cf. Paul Meyer, *Alexandre le Grand dans la litterature française du Moyen Âge*, Paris, F. Vieweg, 1886, vol. I, pp. 115-6).

[149] Cf. Salústio, *De coniuratione Catilinae* XX.

[150] Cf. Bíblia, *Mateus* 1,18.

que ouvem, assim como disse Catão ao falar da conspiração de Catilina: "Os cidadãos nobres conspiraram para incendiar e destruir nossa pátria, e o chefe deles está no comando. Portanto, deveis pensar com cuidado sobre o tipo de sentença a ser aplicada a esses cruéis cidadãos que estão presos dentro dos muros da cidade".[151] 6. Isso pode ser igualmente alcançado se eu disser que meu discurso diz respeito a muitos homens ilustres, ou seja, homens de grande prestígio e renomados entre as pessoas, assim como disse Pompeu ao falar da guerra civil: "Saibam que as armas dos inimigos estão a postos para abater o alto e glorioso senado". 7. Isso pode ser igualmente alcançado se minhas palavras mencionarem os deuses, como falou Catilina depois de ter decidido cometer tamanha injustiça: "Mas ele gritava, dizendo que apenas os deuses superiores poderiam tirar o povo de suas mãos".[152] 8. Isso pode ser igualmente alcançado se eu disser, no início de meu discurso, que falarei brevemente e com poucas palavras, como fez o poeta para contar a história de Troia: "Eu farei uma súmula de como Helena foi raptada apenas pelo engano, e de como Troia, apenas pelo engano, foi tomada e destruída". 9. Isso pode ser igualmente alcançado se eu, em meu exórdio, propuser que o veredito seja dado por um ou mais motivos, aqueles sobre os quais eu fundamentarei meu discurso e sustentarei minha prova, como fez Orestes ao dizer: "E provarei que matei minha mãe por justiça, pois o deus Apolo assim me comandou por ela ter matado meu pai". 10. Podemos recolher nas palavras que Túlio disse a César, em defesa de Marco Marcelo, exemplos de todos esses modos para tornar o ouvinte atento: "Não posso calar e nem permitir que não se mencione tamanha mansidão, piedade inco-

---

[151] Cf. Salústio, *De coniuratione Catilinae* LII.
[152] *Idem, ibidem* XX.

mum e jamais vista, sabedoria incrível e quase divina".[153] E depois de Túlio ter ensinado plenamente como podemos tornar o ouvinte atento com nossas palavras, dirá como podemos torná-lo condescendente.

Sobre como os ouvintes serão condescendentes

103. Faremos com que sejam condescendentes se propusermos de modo claro e breve uma súmula da causa, mostrando em que consiste a controvérsia. De fato, se quisermos que os ouvintes sejam condescendentes é necessário que eles também estejam ao mesmo tempo atentos, pois ficará propenso à instrução quem estiver prestando a máxima atenção.

O expositor

1. Posso fazer com que as pessoas diante das quais eu devo falar se tornem condescendentes (preparadas para compreender) se eu, em meu exórdio e no começo de minha mensagem, toco breve e claramente no fato sobre o qual falarei, fazendo uma súmula da causa, ou seja, do ponto em que se situa a força do conflito e da controvérsia. Foi desse modo que Salústio tornou Túlio condescendente, dizendo: "Uma vez que não encontro em você modos nem medidas, responderei brevemente, de forma que se você tem alguma vontade de criticar, que a perca ao ouvir críticas".[154] 2. Eu poderia indicar esse e muitos outros exemplos sobre como tornar o ouvinte condescendente, assim como o bom entendedor pode ver e perceber pelo que foi dito antes. Mas como o

[153] Cf. Cícero, *Pro Marco Marcello*, *op. cit.*, p. 3.

[154] De acordo com Francesco Maggini (*La "Rettorica" italiana di Brunetto Latini*, *op. cit.*, p. 49), trata-se de um exercício retórico que simula uma invectiva de Salústio contra Cícero e sua réplica, tidas como autênticas em todo o medievo.

tratado se referiu ao exórdio[155] de duas maneiras (como princípio e como insinuação), tendo apresentado o que é necessário dizer e fazer no princípio para tornar o ouvinte benévolo, condescendente e atento, agora seguirá com o ensinamento da insinuação, deste modo:

O ensino da insinuação
104. [cap. XVII] Neste momento, parece ser chegada a hora de dizer como convém tratar as insinuações. A "insinuatio" deve ser usada quando a natureza da causa for inconcebível, isto é, quando o ânimo do ouvinte nos for hostil, como dissemos antes. Isso acontece principalmente por três razões: porque há algo de torpe na causa; porque quem falou antes já convenceu os ouvintes; ou porque os ouvintes já estão cansados de ouvir quando nos cabe falar. De fato, o ouvinte se coloca frequentemente desfavorável ao orador por esse último motivo não menos que pelos outros dois.

O expositor
1. Lá atrás, falou-se suficientemente sobre como podemos conquistar a benevolência do ouvinte e torná-lo condescendente e atento naquele tipo de exórdio chamado de princípio. Agora, é necessário mostrar essas mesmas coisas no outro tipo de exórdio, chamado de *insinuatio*. 2. Falou-se lá atrás que *insinuatio* é um modo de dizer palavras falsas e encobertas, no prólogo. Por isso, Túlio diz que devemos usar esse prólogo dourado quando nossa causa é torpe e desonesta por algum motivo, sendo chamada de inconcebível se considerarmos os cinco tipos de natureza já mencionados, isto é, honesta, inconcebível, vil, duvidosa e obscura. 3. Podemos

---

[155] Tal parte será a última analisada neste tratado, sendo necessário recorrer ao *Tresor* (III 14, 2-3) para observar as equivalências, para Brunetto, entre o discurso oral e o epistolar.

tranquilamente usar o princípio nas outras quatro, mas na inconcebível convém usar a insinuação para eliminar a animosidade do ouvinte, transformando em prazer e graça aquilo que para ele era odioso. Portanto, nos convém observar em quantos e em quais casos nossa causa pode ser inconcebível, para depois observar como podemos confrontar cada um deles. Há três casos. 4. O primeiro caso é quando há algo de torpe na causa, proveniente de uma pessoa ou de uma coisa ruim; pois, para dizer a verdade, o ânimo do ouvinte se perturba muito por conta de um homem mau, ou de uma coisa perversa. 5. O segundo caso é quando o orador, tendo se pronunciado e colocado sua causa antes de nós, já persuadiu os ouvintes, que a consideram como uma coisa verdadeira. Dessa forma, o ouvinte, depois de começar a acreditar e estimar como verdadeiras as palavras que uma das partes propõe, dificilmente pode acreditar na argumentação da outra parte, tendendo a achá-las estranhas e a se afastar delas. 6. O terceiro caso se dá de outra maneira: acontece frequentemente de aquelas pessoas, diante das quais devemos pronunciar nossa causa e apresentar nossos argumentos, já terem ouvido por muito tempo e prestado atenção em outros que falaram longamente antes de nós. Assim, o ouvinte acaba por ficar exausto, de modo que não quer e nem está disposto a compreender nossas palavras; esse é um motivo que ofende o ânimo do ouvinte não menos que os outros dois. Por isso, convém ao bom orador se posicionar oralmente contra cada um dos argumentos concorrentes, segundo o ensinamento de Túlio.

Sobre a torpeza da causa

105. Se o aspecto desfavorável da causa produz irritação, convém contrapor à pessoa que irrita outra pessoa que seja bem-aceita; ou então, no lugar de um fato que irrita, colocar outro considerado favorável; ou, substituir um fato com uma pessoa, ou uma pessoa com um fato, de modo a transferir o ânimo do ouvinte daquilo que odeia àquilo que ama. E não devemos demonstrar querer defender aquilo que os outros pensam que será defendido; assim, quando o ouvinte estiver mais sereno, podemos começar gradualmente a defesa, dizendo que aquilo que provoca a indignação dos adversários também nos parece inadequado. Depois de ter tranquilizado o ouvinte, afirmaremos que nenhuma daquelas coisas diz respeito a nós, e que não queremos dizer nada sobre os adversários, absolutamente nada, para não ofender abertamente aqueles que são apreciados; mas, comportando-se dessa maneira sem que se deem conta e pelo tempo que for possível, buscaremos dissolver a simpatia que os ouvintes têm pelo oponente. Para isso, podemos apelar para a sentença de outrem relativa a um fato semelhante, ou a uma autoridade digna de ser seguida; depois, demonstraremos que se trata de um fato análogo, de maior ou menor relevo.

O expositor

1. Nessa parte, Túlio diz que se o ouvinte está irritado conosco pelo fato de nossa causa ser, ou parecer, torpe devido à presença de uma pessoa ou de uma coisa má, devemos usar a insinuação em nossas palavras, de maneira que no lugar da pessoa que desagrada o ânimo do ouvinte procuraremos colocar outra amada e agradável. Dessa forma, a presença da pessoa boa e amada poderá aplacar a animosidade do ouvinte, afastando-o do incômodo que tinha em relação à pessoa que lhe parecia má. Assim como acontece com Ájax, no conflito entre ele e Ulisses por causa das armas que pertenciam a Aquiles. 2. E ainda que Ájax fosse um homem valoroso nas armas, não era muito amado pelas pessoas, nem tão estimado. Mas Ulisses, pela grande sensatez que nele reinava, era muito amado. Desse modo, Ájax, querendo contrapor-se a Ulisses, lembrou em seu discurso que era filho de

Brunetto Latini

Télamon, que já havia conquistado Troia no tempo do grande Hércules;[156] dessa maneira, para socorrê-lo, colocava em seu lugar uma pessoa amada e honrada, de modo a agradar as pessoas e conquistar a causa. 3. Quando a causa é torpe devido a uma coisa maligna, devemos trazer a nosso discurso uma coisa boa e agradável, como fez Catilina para se desculpar da conspiração que tramou contra Roma, invocando uma coisa certa para cobrir a errada: "Sempre foi um hábito meu ajudar os miseráveis em suas causas".[157]

[156] Cf. Ovídio, *Metamorfoses* XIII 21-4.

[157] Cf. Salústio, *De coniuratione Catilinae* XXXV.

Bibliografia

Manuscritos:

Códices consultados por Francesco Maggini (edicão crítica de *La Rettorica*. Florença: Stabilimento Tipografico Galletti e Cocci, 1915):

Florença, Biblioteca Nazionale Centrale, Magliabechiano II.II.91 (m^1), séc. XV.

Florença, Biblioteca Nazionale Centrale, Magliabechiano II.IV.73 (m), séc. XIV.

Florença, Biblioteca Nazionale Centrale, Magliabechiano II.IV.124 (M), séc. XIV.

Florença, Biblioteca Nazionale Centrale, Magliabechiano II.IV.127 (M^1), séc. XIV.

Florença, Biblioteca Nazionale Centrale, Magliabechiano II.VIII.32 (m^2), séc. XV.

Florença, Biblioteca Medicea Laurenziana, Pluteo XLIII.19 (L), séc. XIV-XV.

Códice indicado por Enrico Rostagno (*Bullettino della Società Dantesca Italiana*, vol. XXIII, pp. 72-90, 1916):

Florença, Biblioteca Medicea Laurenziana, Rediano 23 (R), séc. XIV--XV.

Códices indicados erroneamente por Julia Bolton Holloway (*Brunetto Latini: An Analytic Bibliography*. Londres: Grant & Cutler, 1986, pp. 32-3. E cf. Elisa Guadagnini, "Per una nuova edizione della Rettorica di Brunetto Latini", *Actes del 26é Congrés de Lingüística i Filologia Romàniques*. Berlim: Walter de Gruyter, 2013, pp. 211-21):

Florença, Biblioteca Nazionale Centrale, Magliabechiano II.II.48, séc. XV.

Cidade do Vaticano, Biblioteca Apostólica Vaticana, Chigiano L.VII.249, séc. XIV.

Munique, Bayerische Staatsbibliothek, 1038 (Ex-It. 148), séc. XIV.

Códice indicado por Paolo Divizia ("Aggiunte (e una sottrazione) al censimento dei codici delle versioni italiane del *Tresor* di Brunetto Latini". *Medioevo Romanzo*, vol. 43, p. 391, 2008):

Siena, Biblioteca Comunale degli Intronati I.IX.21 (*I*), séc. XIV.

Editio princeps:

SERFRANCESCHI, Francesco. *Retorica di Ser Brunetto Latini in volgar fiorentino*, Stampata in Roma in Campo di Fiore per M. Valerio Dorico & Luigi Fratelli Bresciani, 1546.

Reimpressões da vulgarização de Brunetto:

CICERO, Marcus Tullius. *Opuscoli di Cicerone volgarizzati nel buon secolo della lingua toscana*. Ímola: Tipografia Galeati, 1850.

_____. *Volgarizzamento delle quistioni tusculane di M. Tullio Cicerone, fatto nel buon secolo della favella*. Testo di lingua citato nel vocabolario della Crusca. Michele Dello Russo (ed.). Nápoles: Stamperia del Diogene, 1851.

MONACI, Ernesto. *Crestomazia italiana dei primi secoli: con prospetto delle flessioni grammaticali e glossario*. Città di Castello, Itália: S. Lapi, 1912.

NANNUCCI, Vincenzio. *Manuale della letteratura del primo secolo della lingua italiana*. Florença: Barbèra, Bianchi e Compagnia, 1858, vol. III, pp. 251-67.

Edições críticas:

LATINI, Brunetto. *La Rettorica*. Edição crítica de Francesco Maggini. Florença: Stabilimento Tipografico Galletti e Cocci, 1915.

_____. *La Rettorica*. Edição crítica de Francesco Maggini. Prefácio e correções de Cesare Segre. Florença: Felice Le Monnier, 1968.

Tradução da *Retórica* consultada:

LATINI, Brunetto. *La Rettorica*. Tradução inglesa de Stefania D'Agata D'Ottavi. Michigan, EUA: WMU Medieval Institute Publications, 2016.

Fontes primárias:

ALIGHIERI, Dante. *La commedia secondo l'antica vulgata*. Giorgio Petrocchi (org.). Florença: Le Lettere (Società Dantesca Italiana-Edizione Nazionale), 1994.

_____. *Convívio*. Tradução, introdução e notas de Emanuel França de Brito. São Paulo: Penguin Companhia, 2019.

_____. *Inferno*. Tradução, apresentação e organização dos textos de Emanuel França de Brito, Maurício Santana Dias e Pedro Falleiros Heise. Ensaio visual de Evandro Carlos Jardim. São Paulo: Companhia das Letras, 2021.

_____. *De vulgari eloquentia — Sobre a eloquência em língua vulgar*. Tradução e ilustrações de Francisco Calvo del Olmo. São Paulo: Parábola, 2021.

ANÔNIMO. *Il Novellino*. A. Conte (org.). Roma: Salerno Editrice, 2001.

ARISTÓTELES. *Retorica*. Fabio Cannavò (org.). Milão: Bompiani, 2014.

_____. *Retorica*. Silvia Gastaldi (org.). Roma: Carocci Editore, 2014.

BENE da Firenze. *Candelabrum*. G. C. Alessio (org.). Pádua: Editrice Antenore, 1983.

BOÉCIO. *De differentiis topicis*, in MIGNE, J.-P. (org.). *Manlii Severino Boetii opera omnia*. Patrologia Latina 64. Parisiis: Apud Garnier Fratres Editores, 1891, col. 1174-218.

_____. *In topica Ciceronis commentariorum*, in MIGNE, J.-P. (org.). *Manlii Severino Boetii opera omnia*. Patrologia Latina 64. Parisiis: Apud Garnier Fratres Editores, 1891, col. 1040-174.

_____. *A consolação da filosofia*. Tradução de William Li. São Paulo: Martins Fontes, 1998.

_____. *Boethius's "De topicis differentiis"*. Tradução, introdução e notas de Eleonore Stump. Ithaca, NY/Londres: Cornell University Press, 2004.

_____. *Boethius's "In Ciceronis Topica"*. Tradução, introdução e notas de Eleonore Stump. Ithaca/Londres: Cornell University Press, 2004.

BONCOMPAGNO da Signa. *Breviloquium, Mirra*. L. Core; E. Bonomo (org.). Pádua: Il Poligrafo, 2013.

CÍCERO, Marco Túlio. *Le tre orazioni di Marco Tullio Cicerone dette dinanzi a Cesare per M. Marcello, Q. Ligario e il re Dejotaro, volgarizzate da Brunetto Latini*. Luigi Maria Rezzi (org.). Milão: Ranieri Fanfani, 1832.

_____. *Rhetorici libri duo qui vocantur de inventione*. Eduardus Stroebel (org.). Leipzig: In aedibus B. G. Teubneri, 1915.

_____. *De inventione*. Tradução, introdução e notas de Maria Greco. Galatina, Itália: Mario Congedo Editore, 1998.

_____. *Dos deveres* (*De officiis*). Tradução, introdução, notas, índice e glossário de Carlos Humberto Gomes. Lisboa: Edições 70, 2000.

_____. *Brutus; Orator*. Tradução G. L. Hendrickson e H. M. Hubbell. Cambridge, Mass.: Harvard University Press, 2001.

_____. *Sobre el orador*. Tradução e notas de José Javier Iso. Madri: Gredos, 2002.

_____. *De amicitia* (*Sobre a amizade*). Tradução, introdução e notas de J. T. D'Olim Marote. São Paulo: Nova Alexandria, 2006.

_____. *Bruto*. Testo latino a fronte. R. R. Marchese (org.). Roma: Carocci Editore, 2011.

[Pseudo-CÍCERO]. *Retórica a Herênio*. Tradução de A. P. Faria e A. Seabra. São Paulo: Hedra, 2005.

_____. *La retorica a Gaio Erennio*. Filippo Cancelli (org.). Milão: Mondadori, 2010.

Faits des Romains (*Vida e feitos de Júlio César*). Edição crítica da tradução portuguesa quatrocentista de *Li fet des Romain* por Maria Helena Mira Mateus. Lisboa: Fundação Calouste Gulbenkian, 1970.

COMPAGNI, Dino. *Cronica*. Davide Cappi (org.). Roma: Carocci Editore, 2013.

FABA, Guido. *Summa dictaminis*, in GAUDENZI, A. (org.). *Il propugnatore*, new series vol. 3, 1890, parte I, pp. 287-338; parte 2, pp. 345-93.

Faits des Romains (*Vida e feitos de Júlio César*). Edição crítica da tradução portuguesa quatrocentista de *Li fet des Romain* por Maria Helena Mira Mateus. Lisboa: Fundação Calouste Gulbenkian, 1970.

GIAMBONI, Bono. *Fiore di rettorica*. Giambattista Speroni (org.). Pavia: Dipartimento di scienza della letteratura e dell'arte medievale e moderna, Università di Pavia, 1994.

GREGÓRIO MAGNO. *Moralia in Iob*. Marci Adriaen (ed.). Turnhout, Bélgica: Brepols, 1979-1985, 3 vols.

GRILLIO. *Ex Grillii commento in Ciceronis "De inventione"*, in HALM, Carolus (org.). *Rhetores Latini Minores*. Leipzig: B. G. Teubneri, 1863.

GUILLAUME DE CONCHES. *Das Moralium dogma philosophorum des Guillaume de Conches*. J. Holmberg (org.). Uppsala, Suécia: Almqvist & Wiksells, 1929.

HORÁCIO Flaco, Quinto. *Odes*. Tradução de Pedro Braga Falcão. Lisboa: Cotovia, 2008.

_____. *Satire*. Lorenzo De Vecchi (org.). Roma: Carocci Editore, 2013.

_____. *Epistole-Ars poetica*. Ugo Dotti (org.). Milão: Feltrinelli, 2015.

Il libro di Montaperti, Anno MCCLX. Cesare Paoli (org.). Florença: G. P. Vieusseux, 1889.

ISIDORO de Sevilha. *Etimologie o origini*. Angelo V. Canale (org.). Turim: Utet, 2014, 2 vols.

LATINI, Brunetto. *Li livres dou Tresor par Brunetto Latini*. Edição crítica de Francis J. Carmody. Berkeley: University of California Press, 1948.

_____. *Il Tesoretto*, in CONTINI, G. *Poeti del Duecento*. Milão/Nápoles: Riccardo Ricciardi Editore, 1960, vol. II, pp. 169-277.

_____. *Tresor*. Pietro G. Beltrami [*et al.*] (org.). Turim: Einaudi, 2007.

_____. *Poesie: Tesoretto — Favolello — S'eo son distretto inamoratamente*. Stefano Carrai (org.). Turim: Einaudi, 2016.

LUCANO, M. Anneo. *La guerra civile*. Renato Badalì (org.). Turim: Utet, 2015.

OVÍDIO, Públio Nasão. *Lettere di eroine*. Tradução, introdução e notas de Gianpiero Rosati. Milão: Biblioteca Universale Rizzoli, 1989.

_____. *Metamorfoses*. Tradução de Paulo Farmhouse Alberto. Lisboa: Cotovia, 2007.

_____. *Metamorfoses*. Tradução de Domingos Lucas Dias. São Paulo: Editora 34, 2017.

PLATÃO. *Fedro*. Tradução de Piero Pucci, in *Opere complete*, vol. III. Bari: Laterza, 1993.

_____. *La Repubblica*. Tradução de Franco Sartori, in *Opere complete*, vol. VI. Bari: Laterza, 1993.

_____. *Protagora; Gorgia*. Tradução de Francesco Adorno, in *Opere complete*, vol. V. Bari: Laterza, 1993.

_____. *Timeo*. Tradução de Cesare Giarratano, in *Opere complete*, vol. VI. Bari: Laterza, 1993.

_____. *La Repubblica*. Tradução de Franco Sartori. Introdução de M. Vegetti. Roma/Bari: Laterza, 2017.

QUINTILIANO, Marco Fabio. *Institutio oratoria*. Adriano Pennacini (org.). Turim: Einaudi, 2001, 2 vols.

RESTORO D'Arezzo. *La composizione del mondo*. Alberto Morino (org.). Lavìs, Itália: La Finestra, 2007.

SALÚSTIO Crispo, Caio. *De conjuratione Catilinae*. Paris: Éditions Hachette, 1947.

_____. *La congiura di Catilina*. Tradução de Luca Canali. Milão: Garzanti, 2016.

TÁCITO, Públio Cornélio. *Dialogo degli oratori*. Luigi Valmaggi (org.). Turim: Giovanni Chiantore, 1923.

VICTORINO, Quinto F. L. *Explanationum in Rethoricam M. Tulii Ciceronis libri duo*, in HALM, Carolus (org.). *Rhetores Latini Minores*. Leipzig: B. G. Teubneri, 1863.

VILLANI, Giovanni. *Nuova cronica*. Giuseppe Porta (org.). Milão: Ugo Guanda, 2007, 3 vols.

VINSAUF, Geoffroi de. *Poetria nova*. Tradução, introdução e notas de Manuel dos Santos Rodrigues. Lisboa: Instituto Nacional de Investigação Científica, Centro de Estudos Clássicos da Universidade de Lisboa/Imprensa Nacional-Casa da Moeda, 1990.

VIRGÍLIO Maro, Públio. *Bucólicas, Geórgicas, Eneida*. Tradução de Agostinho da Silva. Lisboa: Círculo de Leitores, 2012.

_____. *Tutte le opere: Bucoliche-Georgiche-Eneide-Appendix*. G. Paduano (org.). Milão: Bompiani, 2016.

Estudos:

ALESSIO, Gian Carlo. "Brunetto Latini e Cicerone (e i dettatori)". *Italia Medioevale e Umanistica*, vol. 22, pp. 123-69, 1979. Reedição em *Lucidissima dictandi peritia. Studi di grammatica e retorica medievale*. Filippo Bognini (org.). Veneza: Edizione Ca' Foscari, 2015.

ARDUINI, Stefano; Damiani Matteo. *Dizionario di retorica*. Covilhã, Portugal: LabCom Books, 2010.

ARTIFONI, Enrico. "I podestà professionali e la fondazione retorica della politica comunale". *Quaderni Storici*, vol. 2, nº 63, pp. 687-719, 1986.

_____. "Sull'eloquenza politica del Duecento italiano". *Quaderni Medievali*, vol. 35, pp. 57-78, 1993.

_____. "Retorica e organizzazione del linguaggio politico nel Duecento", in *Le forme della propaganda politica nel Due e Trecento*, a cura di P. Cammarosano. Roma: École Française de Rome, 1994, pp. 157-82.

_____. "Podestà del comune italiano", in *Enciclopedia Federiciana*. Roma: Istituto dell'Enciclopedia Italiana, 2005.

_____. "Tra etica e professionalità politica", in *Vie active et vie contemplative au moyen âge et au seuil de la Renaissance*. Roma: École Française de Rome, 2009.

_____. "Una politica del dittare: l'epistolografia nella *Rettorica* di Brunetto Latini" [*in press*: *Art de la lettre et lettre d'art/ Arte della lettera e lettera d'arte (Épistolaire politique III)*]. Trieste/Roma: Centro Europeo di Ricerche Medievali/École Française de Rome, 2016, pp. 175-93].

BALDASSARI, Guido. "Prologo e Accessus ad autores nella *Rettorica* di Brunetto Latini", in *Studi e Problemi di Critica Testuale*, vol. 12. Pisa/Roma: Fabrizio Serra Editore, 1976, pp. 102-11.

_____. "Ancora sulle 'fonti' della Rettorica: Brunetto Latini e Teodorico di Chartres", in *Studi e Problemi di Critica Testuale*, vol. 19. Pisa/Roma: Fabrizio Serra Editore, 1979, pp. 41-69.

BARTUSCHAT, Johannes. "*La Rettorica* de Brunetto Latini: rhétorique, éthique et politique à Florence dans la deuxième moitié du XIIIe siècle". *Arzanà — Cahiers de Littérature Médiévale Italienne*, vol. 8, pp. 33-51, 2002.

_____. "La 'filosofia' di Brunetto Latini e il *Convivio*", in *Il Convivio di Dante*. Ravena: Angelo Longo Editore, 2015, pp. 33-52.

BELTRAMI, Pietro G. "Per il testo del *Tresor*: appunti sull'edizione di F. J. Carmody". *Annali della Scuola Normale Superiore di Pisa*, vol. 18, n° 3, pp. 961-1009, 1988.

_____. "Tre schede sul *Tresor*". *Annali della Scuola Normale Superiore di Pisa*, vol. 23, n° 1, pp. 115-90, 1993.

_____. "Lingua del Duecento e Trecento", in *Enciclopedia dell'Italiano*. Roma: Istituto dell'Enciclopedia Italiana, 2010.

BERTELLI, Sandro. "Tipologie librarie e scritture nei più antichi codici fiorentini di Ser Brunetto", in *A scuola con Ser Brunetto*. Florença: Edizione del Galluzzo, 2008, pp. 213-27.

BIGI, Emilio. "Bracciolini, Poggio", in *Dizionario Biografico degli Italiani*, vol. 13. Roma: Istituto dell'Enciclopedia Italiana, 1971.

BISSON, L. "M. Brunetto Latini as a Failed Mentor". *Medievalia et Humanistica*, new series n° 18, pp. 1-15, 1992.

BOLTON HOLLOWAY, Julia. *Brunetto Latini: An Analytic Bibliography*. Londres: Grant & Cutler, 1986.

_____. *Twice-Told Tales. Brunetto Latino and Dante Alighieri*. Nova York: Peter Lang,1993.

CALENDA, Corrado. "'Esilio' ed 'esclusione' tra biografismo e mentalità collettiva: Brunetto Latini, Guittone d'Arezzo, Guido Cavalcanti". *L'exil et l'exclusion dans la culture italienne: actes du colloque franco-italien* (Aix-en-Provance, 19-20-21 octobre 1989). Aix-en-Provence: Centre Aixois de Recherches Italiennes/Publications de l'Université de Provence, pp. 41-8, 1991.

CARATÙ, Pasquale. *Grammatica storica della lingua italiana*. Bari: Cacucci Editore, 2008.

CARMELLO, Marco. "Primo saggio di analisi testuale della *Rettorica* di Brunetto Latini". *Romanica Cracoviensia*, vol. 12, pp. 20-37, 2012.

CARMODY, Francis J. "Brunetto Latini's *Tresor*: Latin Sources on Natural Science". *Speculum*, vol. 12, n° 3, pp. 359-66, 1937.

_____. *Arabic Astronomical and Astrological Sciences in Latin Translation. A Critical Bibliography*. Berkeley: University of California Press, 1956.

CASTELLANI, Arrigo. *Nuovi testi fiorentini del Dugento*. Florença: Sansoni, 1951-1952.

_____. *Grammatica storica della lingua italiana. Vol. 1: Introduzione*. Bolonha: Il Mulino, 2000.

CELLA, Roberta. "Gli atti rogato da Brunetto Latini in Francia (tra politica e mercatura con qualche implicazione letteraria)". *Nuova Rivista di Letteratura Italiana*, vol. 6, pp. 367-408, 2003.

_____. "L'epistola sulla morte di Tesauro Beccaria attribuita a Brunetto Latini e il suo volgarizzamento", in *A scuola con Ser Brunetto*. Florença: Edizione del Galluzzo, 2008, pp. 197-211.

_____. *La prosa narrativa. Dalle origini al Settecento*. Bolonha: Il Mulino, 2013.

_____. "Il nome di Ser Brunetto, notaio di nomina comunale". *Studi Mediolatini e Volgari*, n° 60, pp. 87-98, 2014.

CEVA, Bianca. *Brunetto Latini: L'uomo e l'opera*. Milão/Nápoles: Riccardo Ricciardi Editore, 1965.

CHIAMPI, J. T. "Ser Brunetto 'scriba' and 'litterato'". *Rivista di Studi Italiani*, n° 18, pp. 1-25, 2000.

CICCUTO, M. "*Tresor* di Brunetto Latini", in *Letteratura italiana, Le opere*. Alberto Asor Rosa (dir.). Turim: Giulio Einaudi Editore, 1992, pp. 45-59.

196   Bibliografia

CONTINI, Gianfranco. *Poeti del Duecento*. Milão/Nápoles: Riccardo Ricciardi Editore, 1960, 2 vols.

_____. *Letteratura italiana delle origini*. Milão: RCS Libri, 1996.

COPELAND, Rita. *Rhetoric, Hermeneutics and Translation in the Middle Ages*. Cambridge: Cambridge University Press, 1995.

CRESPO, Roberto. "Due note dantesche: 1 — 'Copertoio' (Rime LXXIII i, 8); 2 — 'Brunetto Latino' (*Inferno* XV 30-3)". *Studi Danteschi*, vol. 47, pp. 43-7, 1970.

_____. "Brunetto Latini e la 'Poetria Nova' di Geoffroi de Vinsauf". *Lettere Italiane*, vol. 24, n° 1, pp. 97-9, 1972.

D'ADDARIO, A. "Tosinghi", in *Enciclopedia Dantesca*. Roma: Istituto dell'Enciclopedia Italiana, 1970.

DARDANO, Maurizio. *Sintassi dell'italiano antico. La prosa del Duecento e del Trecento*. Roma: Carocci Editore, 2012.

DAVIDSOHN, Robert. *Storia di Firenze. Le origini*. Florença: Sansoni, 1907.

DAVIS, Charles T. "Brunetto Latini and Dante". *Studi Medievali*, 3ª série, vol. 8, n° 1, pp. 421-50, 1967.

DICKEY, M. "Some Commentaries on the *De inventione* and *Ad Herennium* of the Eleventh and Early Twelfth Centuries". *Medieval and Renaissance Studies*, n° 6, pp. 1-41, 1968.

DIONISOTTI, Carlo. *Geografia e storia della letteratura italiana*, 3ª ed. Turim: Einaudi, 2010.

DIVIZIA, Paolo. "Aggiunte (e una sottrazione) al censimento dei codici delle versioni italiane del *Tresor* di Brunetto Latini". *Medioevo Romanzo*, vol. 43, pp. 377-94, 2008.

FARAL, Edmond. *Les arts poétiques du XIIe et du XIIIe siècle: recherches et documents sur la technique littéraire du Moyen Âge*. Genebra/Paris: Slatkine/Champion, 1982.

FENZI, Enrico. "Brunetto Latini, ovvero il fondamento politico dell'arte della parola e il potere dell'intellettuale", in *A scuola con Ser Brunetto: indagini sulla ricezione di Brunetto Latini dal Medioevo al Rinascimento*. Florença: Edizioni del Galuzzo, 2008, pp. 323-69.

FOLENA, Gianfranco. "'Parlamenti' podestarili di Giovanni da Viterbo". *Lingua Nostra*, n° XX, pp. 97-105, 1959.

_____. *Volgarizzare e tradurre*, 2ª ed. Turim: Giulio Einaudi Editore, 1994.

FORNARA, Simone. *Breve storia della grammatica italiana*. Roma: Carocci Editore, 2005.

FUNAIOLI, Gino; CARDINALI, Giuseppe; NATALI, Giulio. "Epistolari, Scritture", in *Enciclopedia Italiana*. Roma: Istituto dell'Enciclopedia Italiana, 1932.

GENTILI, Sonia. *L'uomo aristotelico alle origini della letteratura italiana*. Roma: Carocci Editore, 2005.

_____. "La filosofia dal latino al volgare", in CASAGRANDE, Carla; FIORAVANTI, Gianfranco. *La filosofia in Italia al tempo di Dante*. Bolonha: Il Mulino, 2016, pp. 191-224.

GUADAGNINI, Elisa. "Per una nuova edizione della *Rettorica* di Brunetto Latini". *Actes del 26é Congrés de Lingüística i Filologia Romàniques* (València, 6-11 de setembro de 2010), t. VII. Berlim: Walter de Gruyter, 2013, pp. 211-21.

_____. "'Secondo la forma del libro': note sulla tradizione manoscritta della *Rettorica* di Brunetto Latini", in *Il Ritorno dei Classici nell'Umanesimo. Studi in memoria di Gianvito Resta*. Florença: Società Internazionale per lo Studio del Medioevo Latino/Edizioni del Galluzzo, 2015.

_____; VACCARO, Giulio. "'Selonc ce que Tulles dit en son livre'. Il lessico retorico nei volgarizzamenti ciceroniani", in *Culture, livelli di cultura e ambienti nel Medioevo occidentale*. Roma: Aracne, 2011, pp. 553-69.

_____; _____. "'Qui dice Tullio, qui parla lo sponitore': il lessico retorico nei volgarizzamenti ciceroniani", in *Studi di lessicografia italiana*, a cura dell'Accademia della Crusca, vol. 29. Florença: Le Lettere, 2011, pp. 5-21.

HANSEN, João Adolfo. "Lugar-comum", in MUHANA, Adma *et al.* (org.). *Retórica*. São Paulo: Annablume/Instituto de Estudos Brasileiros-USP, 2012, pp. 159-77.

HEINIMANN, Siegfried. "Zum Wortschatz von Brunetto Latinis *Tresor*". *Vox Romanica*, vol. 27, pp. 96-105, 1968.

_____. "Umprägung antiker Begriffe in Brunetto Latinis *Rettorica*", in *Renatae Litterae. Studien zum Nachleben der Antike und zur europäischen Renaissance August Buck zum 60*. Geburstag am 3.12.1971 dargebracht von Freunden und Schülern, herausgegeben von Klaus Heitmann und Eckhart Schroeder. Frankfurt a. M.: Athenäeum, 1973, pp. 13-22.

HOLLANDER, Robert. *Dante's harmonious homosexuals* (*Inferno* 16.7-90). Disponível em: http://www.princeton.edu/~dante/ebdsa/rh.html. Acesso em: 21 jun. 2017.

LE GOFF, Jacques. *Os intelectuais na Idade Média*, 2ª ed. Tradução de Margarida Sérvulo Correia. Lisboa: Gradiva, s.d.

MACONI, Ludovica. "Notai e lingua", in *Enciclopedia dell'Italiano*. Roma: Istituto dell'Enciclopedia Italiana, 2011.

MAGGINI, Francesco. *La "Rettorica" italiana di Brunetto Latini*. Florença: Galletti e Cocci, 1912.

_____. *I Primi volgarizzamenti dai classici latini*. Florença: Le Monnier, 1952.

MARCHESI, Concetto. *L'Etica nicomachea nella tradizione latina medievale*. Messina: Libreria Editrice Trimarchi, 1904.

MOST, Glenn W. "The uses of *endoxa*: philosophy and rhetoric in the *Rethoric*", in FURLEY, David J.; NEHAMAS, Alexander. *Aristotles's Rhetoric. Philosophical Essays*. Princeton, NJ: Princeton University Press, 1994.

MUSSETTER, Sally. "*Ritornare a lo suo principio*: Dante and the sin of Brunetto Latini". *Philological Quarterly*, vol. 63, nº 4, pp. 431-48, 1984.

PAMPALONI, Guido. "Arti maggiori", in *Enciclopedia Dantesca*. Roma: Istituto dell'Enciclopedia Italiana, 1970.

PANETTA, Maria. "Il maestro di Dante. Rappresentazioni e allusioni letterarie a Brunetto Latini". *Studi (e Testi) Italiani*, nº 17, pp. 19-40, 2006.

PATOTA, Giuseppe. *Nuovi lineamenti di grammatica storica dell'italiano*. Bolonha: Il Mulino, 2007.

PÉZARD, André. *Dante sous la pluie de feu (Enfer, chant XV)*. Paris: Librarie Philosophique J. Vrin, 1950.

REEVE, Michael D. "The circulation of classical works on rhetoric", in *Retorica e poetica tra i secoli XII e XIV*. Spoleto, Itália: Centro Italiano di Studi sull'Alto Medioevo, 1991.

RENIER, Rodolfo. "Prefazione", in SUNDBY, Thor. *Della vita e delle opere di Brunetto Latini*. Florença: Le Monnier, 1884.

RENZI, L.; SALVI, G. *Grammatica dell'italiano antico*. Bolonha: Il Mulino, 2010.

ROSTAGNO, Enrico. *Bullettino della Società Dantesca Italiana*, vol. XXIII, pp. 72-90, 1916.

SCARIATI, Irene Maffia. *Dal "Tresor" al "Tesoretto". Saggi su Brenetto Latini e i suoi fiancheggiatori*. Roma: Aracne Editrice, 2010.

SCHIAFFINI, Alfredo. *Tradizione e poesia nella prosa d'arte italiana*. Roma: Edizioni di Storia e Letteratura, 1969.

SCHIAPPA, Edward. "Did Plato coin rhetorike?". *The American Journal of Philology*, vol. 111, n° 4, pp. 457-70, 1990.

SEGRE, Cesare. *Volgarizzamenti nel due e trecento*. Turim: Utet, 1953.

_____; MARTI, M. *La prosa del Duecento*. Milão/Nápoles: Riccardo Ricciardi Editore, 1959.

_____. *Lingua, stile e società. Studi sulla storia della prosa italiana*, 2ª ed. Milão: Feltrinelli, 1976.

_____. *Opera critica*. A. Conte e A. Mirabile (orgs.). Milão: Mondadori, 2014.

SGRILLI, Paola. "Tensioni anticlassiche nella *Rettorica* di Brunetto Latini". *Medioevo Romanzo*, vol. 3, pp. 380-93, 1976.

SKINNER, Quentin. *As fundações do pensamento político moderno*. Tradução de Renato Janine Ribeiro e Laura Teixeira Motta. São Paulo: Companhia das Letras, 2009.

SUNDBY, Thor. *Della vita e delle opere di Brunetto Latini*. Tradução de Rodolfo Renier. Apêndices de Isidoro Del Lungo e Adolfo Mussafia. Florença: Le Monnier, 1884.

TANTURLI, G. "Continuità dell'Umanesimo civile da Brunetto Latini a Leonardo Bruni", in *Gli Umanesimi medievali. Atti del II Congresso dell'Internationales Mittellateinerkomitee* (Firenze, Certosa del Galluzzo, 11-15 settembre 1993). Florença: Edizioni del Galluzzo, 1998, pp. 735-80.

TATEO, Francesco. "Rettorica", in *Enciclopedia Dantesca* [1970]. Umberto Bosco (dir.). Roma: Istituto dell'Enciclopedia Italiana, 1996, 6 vols.

TLIO: Tesoro della Lingua Italiana delle Origini. Pietro G. Beltrami (dir.). Disponível em: http://tlio.ovi.cnr.it/TLIO/.

TRECCANI: Vocabolario dell'Istituto della Enciclopedia Italiana fondata da Giovanni Treccani. Disponível em: http://www.treccani.it/.

VAC: Vocabolario degli Accademici della Crusca. Massimo Fanfani e Marco Biffi (dir.). Disponível em: http://www.lessicografia.it/.

VANVOLSEM, S. "Brunetto Latini, lingua di cultura e lingua dell'emigrazione", in *De Marco Polo à Savinio. Écrivains italiens en langue française. Études réunies par F. Livi.* Paris: Presses de l'Université de Paris-Sorbonne, 2003, pp. 21-33.

VATTERONI, Sergio. "Note sulla terminologia della retorica nel *Tresor* di Brunetto Latini", in *Intersezioni plurilingui nella letteratura medioevale e moderna.* Roma: Il Calamo, 2004, pp. 147-56.

VENTURA, Iolanda. "L'iconografia letteraria di Brunetto Latini". *Studi Medievali*, 3ª série, vol. 38, pp. 499-528, 1997.

WITT, Ronald G. "Latini, Lovato and the Revival of Antiquity". *Dantes Studies*, with the *Annual Report of the Dante Society*, nº 112, pp. 53-61, 1994.

Sobre o autor

Brunetto Latini nasceu em Florença por volta de 1220 e morreu na mesma cidade, em 1294. Literato, tradutor e político, foi notário e chanceler de sua cidade até 1260, quando — em missão diplomática na corte de Afonso X de Castela, "o sábio" — foi impedido de voltar a Florença. Exilou-se então na França até 1266, onde compôs *A Retórica* em italiano e o *Tresor*, sua obra enciclopédica, em francês. De volta do exílio, ocupou cargos municipais de destaque, tendo sido um dos fiadores da paz entre guelfos e gibelinos, em 1280, e mais tarde eleito *Priore*, em 1287. Entre outros textos, é autor do *Tesoretto*, um poema didático-alegórico incompleto, do *Favolello*, um poema epistolográfico-moral, e da canção *S'eo son distretto inamoratamente*.

Foi definido pelo importante cronista de sua época, Giovanni Villani, como um "iniciador e mestre em instruir os cidadãos de Florença, torná-los desenvoltos no falar bem e em saber guiar e reger nossa república segundo a Política" (*Nuova cronica* IX 10). A imagem mais famosa de Brunetto a atravessar os séculos é dada pelos versos de seu célebre discípulo Dante Alighieri, que, no canto XV do *Inferno* de sua *Comédia*, lhe atribui o mérito de tê-lo ensinado a reconhecer como o homem transforma sua breve presença neste mundo em uma coisa eterna.

Sobre o tradutor

Emanuel França de Brito nasceu no Rio de Janeiro em 1981. É professor de língua e literatura italianas na Universidade Federal Fluminense desde 2017. Graduado em Letras pela Universidade Federal do Paraná (2000-2005), percorreu boa parte de sua trajetória acadêmica na Universidade de São Paulo (2007-2018), com períodos de pesquisa na Università per Stranieri di Siena (2008), na Università di Roma "La Sapienza" (2013-4) e na Università degli Studi di Pisa (2016-7). Traduziu e organizou duas obras de Dante Alighieri: o *Convívio* (Penguin Classics Companhia das Letras, 2019) e, em parceria com Maurício Santana Dias e Pedro Falleiros Heise, o *Inferno* (Companhia das Letras, 2021).

ESTE LIVRO FOI COMPOSTO EM SABON,
PELA FRANCIOSI & MALTA, COM CTP DA
NEW PRINT E IMPRESSÃO DA GRAPHIUM
EM PAPEL PÓLEN NATURAL 80 G/M² DA
CIA. SUZANO DE PAPEL E CELULOSE PARA
A EDITORA 34, EM MARÇO DE 2023.